Os
famosos e os
duendes da
morte

Ismael Caneppele

Os famosos e os duendes da morte

Prêmio Machado de Assis
Academia Brasileira de Letras

livros da ilha
ILUMI/URAS

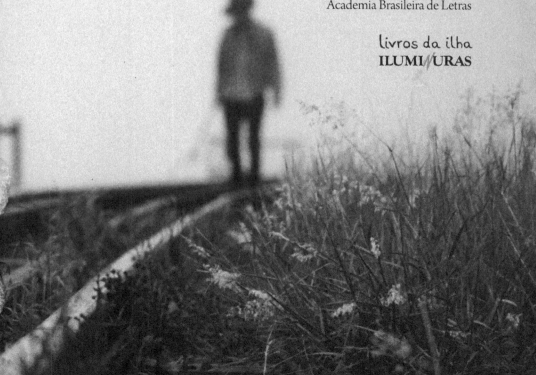

Copyright © 2010
Ismael Caneppele

Copyright © desta edição
Editora Iluminuras Ltda.

Capa e projeto gráfico
Eder Cardoso / Iluminuras

Foto:
Tuane Eggers

Revisão
Daniel Santos
Leticia Castello Branco

CIP-BRASIL. CATALOGAÇÃO-NA-FONTE
SINDICATO NACIONAL DOS EDITORES DE LIVROS, RJ

C224f

Caneppele, Ismael
   Os famosos e os duendes da morte / Ismael Caneppele. – [2. ed.] – São Paulo : Iluminuras, 2014 – [2. Reimp. 2019].
   96p. : 23 cm.

   ISBN 978-85-7321-440-6

   1. Romance brasileiro. I. Título.

14-11939.   CDD: 869.93
                   CDU: 821.134.3(81)-3

2020
EDITORA ILUMINURAS LTDA.
Rua Inácio Pereira da Rocha, 389 - 05432-011 - São Paulo - SP - Brasil
Tel./Fax: 55 11 3031-6161
iluminuras@iluminuras.com.br
www.iluminuras.com.br

Índice

Os famosos e os duendes da morte, 6

Um comentário, 95
Esmir Filho

Naquela
cidade
cada um sonhava o segredo.

O menino sem nome conheceu o garoto sem pernas. Ele não tinha pernas e, mesmo assim, não precisava de ninguém para ir embora.

Eles tentaram.

O garoto sem pernas mostrou o mundo como conhecia. O que não tinha nome, embarcou. Como quem nunca mais quer voltar.

Por um tempo eles olharam para a mesma direção.

Ele nunca lhe deu um nome.

Ele nunca lhe trouxe as pernas.

O que para um era sina, para o outro era o mistério.

Por algum tempo, eles poderiam ter andado juntos sobre o mesmo trilho. Mas nunca seriam esmagados pelo mesmo trem.

Naquela
noite
tinha quase luz.

A lua estava quase cheia. Naquela noite a noite não parecia noite. No início daquela noite, eu estava no sofá da casa que um dia foi nossa, assistindo à televisão e comendo o sanduíche enquanto bebia o copo de leite carregado com muito mais chocolate do que as pessoas precisam para se satisfazer. Comer e ver televisão ainda implica escolher entre o gosto e a comida. O início daquela noite era igual ao início de todas as noites. A cidade se recolhendo no inverno. Eu não lembro o que era, provavelmente um daqueles seriados de fim de tarde que todo mundo assistia, mas ninguém confessava. Aqueles seriados adolescentes onde todas as atrizes adolescentes tem mais de vinte anos.

Ela entrou na casa e fechou a porta para o frio não entrar. Eu acho que ela vinha da loja, mas antes talvez tenha passado na casa da minha avó, que era perto. Tudo ainda era perto. Ela tinha os olhos vermelhos ainda. Eu não sabia se ela já voltara a trabalhar ou se ainda fazia de conta que sua vida também havia parado. Entrou na sala e eu acho que olhou para mim, mas isso eu não sei. Ela largou a chave do carro sobre o tampo de vidro da mesa de centro. Talvez com raiva. Isso eu também não sei. Lembro do barulho forte do metal batendo contra o vidro. Talvez tenha rachado. Talvez fosse raiva de mim. Ela não suportaria por muito tempo. Nós dois sabíamos disso. Depois ela chegou mais perto, enfiou os dedos dentro dos meus cabelos e perguntou se eu estava bem. Os farelos de pão sobre o prato escuro eram o céu numa noite sem nuvens. Respondi que tudo estava bem.

Ela olhou para a lua antes de fechar as cortinas. Notou que estava cheia, sozinha, brilhando no céu. Lembrou que se passara quase uma semana e comentou que o tempo passava rápido demais e que eu e ela, que éramos só nós dois agora, e que devíamos tentar ser fortes. E tentar ajudar um ao outro. Daí eu acho que eu falei que sim, ou só fiz que sim com a cabeça. Ficou difícil engolir aquele pedaço do pão. Eu sabia que naquela hora, no começo daquela noite, em algum lugar daquele mundo, começava a chover.

Quando ela saiu da sala e entrou na cozinha, a casa quase voltou a ser o que era antes. O barulho da louça sob a água gelada, a cachorra correndo em volta das suas pernas, os diálogos que ninguém respondia. Que ninguém responderia. Ele não estava mais lá.

Corri para o quarto. A bagunça refletia o vazio dos cadernos que eu não. A mochila continuava fechada desde o fim da última aula. Por mais que eu tentasse, as matérias acumulavam informações numa velocidade impossível de ser acompanhada. O ano mal chegava à metade e eu já estava perdido. Os desenhos que preenchiam os espaços onde deveria existir um cálculo, eram mapas precisos para escapar daquela cidade. Deitado na cama, abri o livro fingindo estudar. Tentando escapar de mim mesmo. Havia uma noite inteira para conseguir ser o que eu não. Um frio entrou pela barriga quando, já quase esquecido, o computador me chamou. Fechei os olhos e deitei na cama, decidido a não ser eu. Imóvel, olhava para o teto. Imóvel, eu seria o que os outros esperavam que eu. Imóvel, eu queria entender o que não. Assim passavam as horas: deitado na cama, olhando para o teto e escolhendo, entre todos os eus, aquele que melhor eu seria. Bastava permanecer parado para as estrelas acordarem ao primeiro sinal de escuridão. Aquele era o meu segredo: permanecer imóvel para viver o que não existia — o que ainda não e o que nunca mais.

Foi ele quem colou para eu não ter medo de dormir. Eu não tinha. Ele quase caiu da escada e ela quase gritou. Ele sempre ria toda vez que ela gritava. Ela gritava pouco. Ele era mais criança do que eu. Do que nós. Enfeitava o meu quarto com brinquedos que nunca teve, tentando viver em mim uma infância que lhe foi negada. Depois eu fiz quatorze e aquelas estrelas coladas sobre a cama eram as primeiras vergonhas quando meus colegas entravam no quarto e viam as coisas de criança que meu pai havia colocado. Ninguém nunca disse nada, mas era o que eles pensavam quando olhavam para cima e viam as estrelas de papel fosforescente grudadas no teto. Foi difícil arrancar. Sobrou uma, bem pequena, no canto, quase em cima da cama. Perto da janela. Só descobri que ainda estava lá muito tempo depois de ter arrancado as outras. Depois de meus olhos já estarem acostumados às noites escuras. No espaço vazio sobraram apenas as marcas do que não existe mais. Uma constelação ao contrário ou a via-láctea de dentro para fora. Há noites em que acordo e então eu lembro do que passou. Antes de ela ficar velha e cansada. Cada estrela ainda no seu lugar. Nem tudo precisa estar para continuar existindo. Há noites em que basta acordar para que a raiva por ter arrancado do teto as estrelas que ele colou se torne insuportável. Se pudéssemos sentir antes o que nos fará falta depois, a saudade seria opcional, antecipada ou, quem sabe, até mesmo evitável. É complicado dormir quando a última estrela olha para mim perguntando onde estão as outras. A última é a presença e a falta acontecendo ao mesmo tempo.

Pequena e quase sem brilho, ela ilumina lugares esquecidos, memórias apagadas, sentimentos que não existem mais. O canto do meu quarto onde deixei um pedaço de mim. As frases que não foram ditas enquanto ainda havia. Enquanto o espaço entre nós permitia que nossas vozes tocassem nossos ouvidos e que conversássemos como membros de uma família conversam quando vivem juntos todos os dias. A última estrela anunciava metástase. Faria ainda mais frio naquele inverno. Imóvel, adormeci outra vez.

Acordei
um tempo
depois sem saber que horas eram. Pelo silêncio da casa, minha mãe dormia. A televisão estava desligada. Talvez fosse tarde. De vez em quando uma tábua estalava reagindo ao frio que aumentava um pouco mais a cada hora. Como a rua estava deserta, os cães não encontravam motivo algum para latir. Os trens, que antes passavam a cada duas horas, nunca mais nos acordariam no meio da noite. O tempo deles também era passado desde que as linhas que seguiam para o Norte haviam sido desativadas. Como consequência, ninguém mais desceu ao Sul.

Vivíamos naquele lugar onde todos dormiam a mesma hora para acordar o mesmo dia. Lá, se lá ainda existisse, seria assim. É. As estações, por mais definidas, pouco influenciavam na intensidade real dos acontecimentos e nada contribuíam para que alguma mudança real operasse sobre as pessoas e seus destinos. As vidas precisando se parecer para nenhuma chamar a atenção. Alguns partiam e, quando voltavam, se surpreendiam com a incapacidade de mudança que a cidade conservava. Prédios antigos davam lugar a construções utilitárias, árvores eram arrancadas para não sujar os carros e as gramas que cresciam entre os paralelepípedos sufocavam sob grossas camadas de asfalto, mas, por dentro, todos continuavam exatamente iguais. As mães perdendo os filhos. As meninas engravidando. Os idosos apodrecendo. Tudo tão depressa. Não é preciso ser velho para sentir o tempo.

O mundo acontecia longe demais de onde estávamos. As pessoas repetiam que "quando você acorda, a vida já passou". Um mantra que repetiam até se tornar banal. Um carma insuportável. A voz dos mais velhos ecoando dentro dos pequeninos: "quando você acorda, a vida já passou". Os goles de chimarrão para lubrificar a falta de assunto nas rodas de conversa. Quando você acorda, a vida já passou. A frase solta no meio da tarde, e depois o dia avançando sobre nós como se nada tivesse sido dito. As formigas descobrindo bolachas. Quando você acorda, a vida já passou. Eu queria me acostumar como todos se acostumaram.

Dizem também que os que não casam antes de crescer ficarão para sempre sozinhos e que eu não vou ter filhos que cuidem de mim quando eu estiver velho.

Quando você acorda, a vida já passou.

Não
    gosto de
        adormecer no começo da noite. É perigoso acordar no meio dela e não conseguir mais dormir. Quando tem aula na manhã seguinte, mais ainda. Todos os dias da minha vida tem aula na manhã seguinte, e todos os dias serão piores enquanto eu continuar aqui, vivendo uma vida que não é a minha. Dormi e acordei na hora errada. No lugar errado. Acordei quando o sono acabou, mas ainda faltava tempo para a manhã chegar.

Liguei o computador e fiquei pegando em mim. Eu estava duro. Costumo ficar bem duro quando acordo. Mas não é um duro de tesão. Quando me procuro nessas horas, nunca tem muita graça e acabo desistindo. É sempre cansativo ter de limpar a sujeira ou dormir com a cueca molhada. É como se a coisa fosse e não fosse. Conectei e encontrei os meus amigos. A noite guarda surpresas quando as pessoas certas estão *on line* ao mesmo tempo.

Havia os que moravam lá. Eles existiam, mas não. Vivíamos na mesma cidade, mas não. Havia vida longe de lá, e lá, no longe, alguém vivia a minha.

Estar perto não é físico.

Eles, os do longe, estavam quando eu precisava. Aguentavam quando nem eu mesmo. Riam quando contava sobre o meu mundo. Ouvíamos as mesmas músicas, viajávamos na mesma estação e passávamos as noites em claro. Ao contrário de mim, eles não precisavam acordar nunca. Diziam que no longe não era preciso acordar. Longe é o lugar onde a gente pode viver de verdade.

Lá, falava-se mal dos computadores. Da perda de tempo que era passar horas sentado de frente para uma tela brilhante. As amizades eram sempre perigosas com aqueles que estavam longe de nós, mas ainda mais ameaçadores eram os que viviam perto. Os que pensavam enxergar o mesmo. Estar perto não era físico, mas eles não conseguiam entender. Não entendiam os que precisavam se isolar da cidade para sair da realidade ou para conhecer um instante de vida, mesmo que ele terminasse assim que a conexão caísse ou que o nome trocasse de cor e a janela indicasse *off line*. Para os que viviam lá, conhecer as mesmas pessoas era o. Saber o errado na vida do outro era não dar espaço para acontecer em si. Apontavam no jardim vizinho os galhos que cresciam sem cuidado, as folhas que sujavam a calçada, o lixo que transbordava nos dias sem coleta. Todos encontravam um jeito de não serem descobertos. Buscavam, a vida inteira, uma vida que não existia.

Foi Wanda, a professora de Literatura, quem primeiro falou sobre os perigos da internet. Ela via o mundo ser destruído pelos computadores. Via as pessoas deixando de ser à medida que as teclas. Falava, mas ninguém entendia. Vivíamos. Eu disse que a televisão também alienava o homem, que a televisão também criava um falso ideal e tudo o mais – naquela época eu acreditava que era importante dizer as coisas que eu pensava. Ela, irritada com meu não aceitar, respondeu, falando ainda mais alto e acentuando o sotaque alemão que ela usava para se sobrepor aos brasileiros, que pelo menos as famílias continuariam em volta de um mesmo objeto se a televisão continuasse sendo o principal interesse da casa. A única professora que ainda nos exigia os trabalhos escritos à mão era ela. O fim da humanidade, para Wanda, estava muito próximo. Aconteceria assim que perdêssemos o contato com nossa escrita e o contato entre os membros da nossa família e a fraternidade entre os vizinhos.

Quando ela pediu que eu lesse um texto para o conselho de classe, escolhi o último que tu postou no blogue antes de ir embora. Os colegas riam sem entender. Ninguém nunca soube se tu foi porque quis ou se tu foi por acidente e, quando falam em ti, as pessoas preferem fingir que nada aconteceu. Todos riram, menos o Diego. Ele entendia porque ele era o teu irmão, mas talvez não soubesse que aquele texto era teu. Talvez soubesse do teu blogue, mas eu não sei. Ninguém sabe tudo sobre ninguém e nós não falávamos nada sobre tu. Dizem que os irmãos sabem de tudo, mas eu não sei se ele sabia. Eu li para que, mesmo longe, tu ainda estivesse aqui. A minha diferença veio da tua voz e, naquela hora, eles não souberam te respeitar. Tu tinha partido para sempre e o teu último texto agora ecoava pela sala de aula toda rindo de ti. De nós. Os olhos assustados do Diego sem saber por quê. Quando a minha voz desapareceu entre as risadas eu tive ainda mais certeza de que o mundo real daquela cidade não era o teu. O nosso. A distância apaga quase tudo e eles preferiram te esquecer.

O texto terminou. Os últimos garotos pararam de rir. O eco triste da minha voz ainda desafinava os ouvidos quando a professora perguntou o nome do autor.

— Jingle Jangle.

— Quem é Jingle Jangle?

— Não sei.

— Como não sabe? O que falava sobre o autor na orelha do livro?

— Esse texto não é de um livro. É da internet.

— Da próxima vez pesquisa mais sobre autores de internet. Talvez eles nem existam. De qualquer forma eu preciso do nome completo dos autores lidos em conselho.

O que mais importa para as pessoas de lá é o nome completo.

Quando eu era criança, a minha avó dizia que eu podia perder tudo, menos o meu nome. Que o meu nome tinha de ficar sempre limpo para eu morrer honesto e sem deixar motivo para que falassem mal de mim. Ela disse isso porque uma vez, no mercadinho, tinha uma fila pra pagar e a Helga, a dona, reclamava de alguma doença antevendo a própria morte e não viu o chocolate que eu escondi no bolso da jaqueta. Falei para a minha avó que a gente podia roubar uma barra sem a Helga ver. Ela disse que, se eu roubasse qualquer coisa, o meu nome ficaria sujo para sempre. Podia ser tanto um carro quanto um alfinete, a sujeira seria a mesma. Eu não respondi nada. Até tentei tirar do bolso sem ela ver, mas não consegui. Por fim, levei o chocolate pra casa. Sujei o meu nome, mas ninguém viu.

Cheguei em casa e guardei o chocolate na mochila. De noite eu perguntei para a minha mãe o que acontecia com os de nome sujo e ela perguntou por que eu pensava nessas coisas. "A vó contou que quem rouba fica com o nome sujo para sempre". Minha mãe riu. Eu parei de respirar.

Voltei para o quarto e fiquei sentado no chão olhando para a mochila atrás da porta. Toda a sujeira do mundo estava dentro dela. Toda a sujeira do mundo estava agora no meu nome. Eu tentava, de todas as maneiras, encontrar alguma forma de me livrar daquele chocolate sem ser descoberto. Talvez se a sujeira não fosse vista, também não existiria. Só existe o que é falado e aquele chocolate não havia sido verbo até então. *Geheimnis*.

O fantasma da minha avó surgiu do outro lado da janela, sem que ela precisasse estar morta para me assustar. A boca séria. Os olhos pequenos querendo chorar. Quando tu acorda, a vida já passou. O chocolate ficou na mochila e foi enterrado no pátio, na hora do recreio da manhã seguinte. Ninguém viu.

Ainda naquela noite eu sonhei que havia uma espinha nas minhas costas. Era uma espinha grande, e eu estava na escola vestindo apenas meia e cueca e, quando me virei, envergonhado dos colegas, os meninos me derrubaram no chão e começaram a mamar na minha espinha. Ao invés de sair pus de dentro dela, só saía chocolate roubado e todos sabiam que era chocolate roubado e riam da minha cara e me chamavam de ladrão, mas não paravam de mamar em mim. Minha avó aparecia chorando e dizendo que quando tu acorda a vida já passou. O chocolate tinha gosto azedo, eu podia sentir mesmo sem comer, e talvez fosse a sujeira do meu nome saindo da espinha que todos mamavam. Me chamavam de ladrão mas não reclamavam do chocolate que saía de mim.

Depois daquela noite eu continuei roubando no mercadinho da Helga. Já que meu nome estava sujo, não tinha mais nada a perder.

Ninguém nunca descobriu. Nem o Argus, o neto dela, meu colega de catequese e que ajudava no balcão de vez em quando. Com o tempo o rosto bravo e triste da minha avó dizendo que eu poderia perder tudo, menos o meu nome, foi ficando mais nítido. Mais real. Mas nem assim eu parei de roubar.

Ainda no quarto, esperando o sono, o sino bateu doze vezes e inaugurou o início de mais uma madrugada do outro lado do rio. No relógio do computador era quase meia-noite. Tentei chamar os meus amigos do longe, mas nenhum me escutou. Se começo uma conversa e a pessoa responde sem vontade, eu nunca insisto. Espero que ela inicie um novo assunto. Quando algum deles se interessa por mim, quando querem me escutar, eu rompo a dimensão do computador e entro no mundo. Mas não é sempre. Tem noites em que nada. É preciso espera. Paciência. Nunca desistir.

Os do longe são os que sabem quem eu sou. Um dia eles também tiveram medo do que hoje me assusta. Se existe vida depois da queda, eles são a certeza. Passam comigo a noite para eu não me sentir sozinho nas manhãs, quando a cidade fica ainda mais gelada, pequena e tão longe do mundo real que eu chego a me perguntar se ela existe de verdade. Eles ficam comigo e eu os entretenho, do meu jeito. De noite, eles fazem eu acreditar que a manhã nunca vai acontecer. Que não haverá escola. Nem cidade. Nem família. Tudo é muito mais simples do que eu. Partir, eles dizem, é apenas uma questão de.

A folha. A semente. A plantação. O mundo sempre encontra um jeito de acontecer. Eu me lembro da freira mais pequena, quase velha, pulando corda com as meninas na hora do recreio. Sentado no banco, comendo pastel e olhando para ela, quase feliz, saltando sobre a corda no meio do pátio. As primeiras tristezas são as mais difíceis de esquecer. Elas existem por motivo algum. Existem apenas por que precisam. A freira quase acertava os saltos, as meninas riam alto cantando as músicas no ritmo das batidas, e todas as crianças da escola gritavam ao mesmo tempo. Era recreio. Não fazia sol. Não chovia. O cartaz na porta da biblioteca dizia que "não tenho tudo o que amo, mas amo tudo o que tenho". Todas as manhãs, quando passava por aquele cartaz, as letras bonitas e pequenas da freira quase velha que pulava corda com as meninas no recreio cortavam o meu coração e eu quase. Naquela época eu ainda não sabia que tudo estava muito mais exposto do que.

Esperando que algum do longe me desse atenção, notícias sobre Bob Dylan voltaram à tela do computador. A vida contém surpresas nos lugares onde não estamos. O mundo acontecia e dele só chegavam notícias. Fotografias. Datas de shows. Possibilidades de encontros.

Websites anunciavam que Bob Dylan queria lembrar de quando ainda não era um nome para cantar sem que ninguém soubesse que ele era ele. Queria lembrar de quando ainda era limpo. Dylan tocaria sem avisar, ao acaso, onde uma porta se abrisse. Queria lembrar de quando era vivo. Da vida que ele cantava quando ninguém conseguia entender. Dylan não teria o que fazer aqui. Aqui a vida é fácil demais para ser festejada. Aqui é só o fim do mundo. A perfeição gelada distante dos outros. A parte mais longe dentro do próprio país. Talvez nem existimos para o resto. Eu devia ir. Ver. Saber se Dylan era. Os trens nunca mais cruzarão a cidade indo para o Norte, carregados de possibilidades de partida. Eu devia ir. As portas estão fechadas. Eu devia.

Dylan não virá. É sempre possível ficar mais sozinho. Certo como envelhecer. Como perder os dentes. Como cair a pele.

Talvez ele queira voltar a si. Ou fugir de. Como se ainda ninguém soubesse quem foi Bob Dylan. Como se hoje ninguém soubesse quem é Bob Dylan. Eu devia ir até. Eu iria. Se conhecesse um caminho. Se existisse alguma estrada. Se ele não estivesse morto. Se ele tocasse aqui, seria só eu. Eu e o Diego. Eu, o Diego e tu. Se tu não tivesse ido embora, ele ainda cantaria perto de mim.

Julian também nunca mais voltou.

O celular apitou, e o Diego me chamava para encontrar com ele na frente do Postinho. Antes de ver a mensagem eu já sabia que era ele. Ninguém me procura no celular. Só ele. Ele e minha mãe. Era quase uma da manhã e pelo menos eu não era o único acordado na cidade. Eu já sabia de tudo o que aconteceria. Eu já sabia que nada. Mas eu peguei a carteira e o celular e saí de casa para encontrar com ele.

Julian também nunca mais voltou.

Passei pela cozinha e tudo estava tão quieto e ainda mais vazio. Na casa do vizinho alguém puxou a descarga. A geladeira voltou a funcionar do meu lado e eu pensei que fosse medo. A bolsa dela em cima da mesa e ela dormindo no quarto e eu abri o zíper mais devagar do que seria preciso e encontrei a carteira no meio da bagunça. Tinha pouco dinheiro, quase nada. Raiva da minha vida e eu peguei oito reais e depois fechei tudo para não lembrar nunca mais dessas coisas que eu faço quase todos os dias. O rosto da minha avó apareceu triste e sério do outro lado do vidro da janela. Ela ainda não era um fantasma. O meu nome cada dia mais sujo. A minha mãe dormindo sozinha. Tentando dormir. A minha mãe que nunca mais dormiria.

No caminho até o posto de gasolina eu quase voltei para casa, quase devolvi o dinheiro e quase entrei no seu quarto para beijar a sua testa e perguntar, realmente querendo saber, se as coisas um dia ficariam bem. E ela mentiria que sim e abriria os cobertores para que a noite fosse menos fria. Eu rezaria um Pai-Nosso sem que fosse preciso. Eu dormiria sem pensar sentindo a respiração da minha mãe pesar cada vez mais à medida que as horas avançassem a madrugada. Nos sonhos ainda seríamos três.

Eu queria não ter o rosto do Bob Dylan colado na parede do quarto e olhando para dentro de mim. Eu queria ainda ter o rosto do Bob Dylan colado na parede daquele quarto olhando para dentro de mim.

Cheguei no postinho e o Diego fumava sentado na calçada. A rua estava deserta e a cidade era nós dois. Ele reclamava porque todo o mundo dormia e só a mãe dele ficou na frente da televisão e por isso ele havia demorado tanto para conseguir sair de casa. A mãe dele não suportaria perder dois filhos, por isso cuidava do que ficou. Caminhamos até o *Crystal Lake*. Não tinha ninguém.

No caminho passamos pela casa da minha avó. Tudo estava escuro, diferente de quando eu era criança. Quando eles eram jovens. Quando não existiam mortes. Quando o jardim era quase o infinito. Quando as sombras escondiam. Quando os galhos fortes traduziam naves e atingíamos quase o céu. Quando as folhas abrigavam duendes e as formigas eram todas as cidades escondidas sob os nossos pés sujos de terra. Quando o final da sexta-feira era dia de cortar a grama. Todo o barulho do mundo. Todo o medo de que ele passasse com o cortador por cima do fio. Minha mãe dizia que, se isso acontecesse, o choque seria tão forte que ele morreria na hora. Eu achava estranho e não entendia como arrumar o jardim podia matar um homem. Um pai. Um avô. Tentava me divertir enquanto eles trabalhavam, mas só conseguia depois de desligado o motor. Ela varrendo os restos e eu construindo castelos verdes com o que sobrou das gramas mortas, no meio do jardim. O cheiro sobre a luz laranja dos dias caindo devagar no outro lado do muro era um filme que eu nunca mais veria.

O jardim da casa dos avós também estava cansado. Quase morrendo. A janela fechada e todas as tristezas por tudo o que eles nunca fizeram. Por todos os sonhos que tiveram para mim. Pelo meu nome que eu sujei sem saber. Quando eu chorava antes de dormir, pensando no dia em que eles estariam mortos. Hoje, eles só deviam morrer. A solidão que eles temem eu conheço sem precisar. Eu suporto o que eles não ousariam. Nós não temos quase nada para dizer, mas eu sinto que a minha avó gostaria de me ouvir. Nossos assuntos se perderam em algum momento, e eu não sei quando foi. O Diego caminhava ao meu lado e os nossos mundos se desencontravam um pouco mais a cada noite. A cidade dormia. Os cachorros latiam. Chegamos no *Crystal Lake* e o campo em volta do lago estava deserto. A lua refletia a claridade e a água parada parecia um espelho. O Diego levou, e procuramos um canto escuro para fumar sem ninguém ver.

O guardinha da cidade veio até nós. Ele trazia o rádio de pilha embaixo do braço e tocava uma música alemã, antiga e arrastada, em alguma emissora difícil de ser captada. De vez em quando só ficavam os chiados e a música desaparecia completamente. Ficou um tempo tentando sintonizar uma nova estação e depois perguntou se a gente conhecia a garotinha neta dos Mallmann que havia perdido o braço naquela tarde. Antes que respondêssemos, ele contou que o avô estava moendo cana junto da neta de cinco anos. Ele quis ensinar a menina a moer, mas ela não soltou quando o avô mandou e o braço entrou na máquina. Ele disse que o avô ajuntou o membro da menina do chão, todo moído, beijando e chorando. E ela ficou sem braço porque não conseguiram costurar a tempo. Ela ficaria para sempre sem o braço. No final do dia, o velho, culpado, se pendurou em uma corda no porão da casa e foi embora. O Diego riu da história. O guarda diminuiu o volume do rádio e, antes que, eu comecei a caminhar. O guarda seguiu do nosso lado perguntando sobre meninas. Perguntando se nós transávamos. Querendo saber o tamanho dos nossos. O Diego ria cada vez mais. O guardinha entrou na praça. Quando percebeu que nos afastávamos, ele apitou bastante forte para acordar todos os cachorros da vizinhança. Olhei para trás e ele acenava. Continuamos na direção dos trilhos do trem, no alto da cidade. Antes de dobrar a esquina, virei novamente para ver se ele ainda estava lá.

Do alto dos trilhos abandonados a cidade dormia. As luzes amarelas desenhavam ruas por onde todos os dias da minha vida. As ruas onde me perdia. As ruas que nunca foram desconhecidas. Do alto dava para ouvir o rio correndo sozinho na parte mais escura. Os cachorros dormiram outra vez. Olhando para as ruas, sabia que meus passos estavam condenados a percorrer sempre as mesmas distâncias. Meus olhos estariam presos nos mesmos destinos enquanto continuasse naquela cidade. Nada aconteceria. Nada acontecerá. As plantações em volta definiam os meus limites. Ninguém gritava. Ninguém gritaria. Em algum quarto fechado um menino chorava baixinho sem saber por quê. Talvez fosse eu para sempre longe de mim. Em algum berço um recém-nascido dormiria sem saber que o pior está por vir. Estará. Talvez fôssemos nós num passado que nunca mais. Do meu lado o Diego fechava. Talvez ele nunca mais fale de ti. Talvez ele tenha te esquecido. Talvez ele chore todas as noites sem ninguém saber, nem ele mesmo. Existem frases que eu não digo. Perguntas que não faço. Do alto dos trilhos os trens nunca mais passariam por nós.

Fiquei quieto olhando para o chão, esperando ele terminar de fechar. De vez em quando os nossos braços se encostavam e de vez em quando a madrugada ficava menos fria. Ao longe, lá em baixo, a bicicleta do guardinha contornava os quarteirões à nossa procura e, de vez em quando, desaparecia debaixo de uma árvore esquecida de ser cortada. Como um brinquedo vagando sem sentido sobre as estradas da pequena maquete, ele, pequenininho, pedalava a miniatura de uma bicicleta. Ele era uma vida que não guardava surpresas. Tinha olhos que não escondiam segredos. Os destinos de todos os habitantes eram iguais, todos dormindo atrás das janelas fechadas da cidade cada vez mais fria. Talvez dormissem para sempre. Congelados. Ou ficariam para sempre observando nos outros o que nunca perceberiam em si. "Tu vai ficar velho e gordo, vendendo material de construção atrás do balcão da loja da tua mãe", o Diego disse quebrando o silêncio que, entre nós, nunca seria constrangedor.

Não respondi nada. Fumei mais uma vez e a cidade dormindo ficava cada vez menor vista do alto naquela hora da madrugada. A maquete um pouco antes de ser destruída pelo garoto malvado.

Julian também nunca mais voltou.

O guardinha pedalava pelas ruas soltando fumaça do seu cigarro e as rodas da bicicleta respondiam ao pequeno controle remoto instalado dentro dos nossos olhos. Nossas conversas sempre em volta dos meus assuntos. Meus assuntos sempre os mesmos e o Diego também estava cansado das mesmas repetições de todos aqueles dias. Ele também esperava que eu fizesse alguma coisa. Arrancasse alguma diferença. "Tu vai ficar velho e gordo vendendo material de construção na loja da tua mãe". De vez em quando me olhava como quem conhece todas as perdas. Era o olho de um irmão que ficou sozinho. Ele sentia a tua falta, mas não aceitaria demonstrar. A minha partida talvez fosse real demais para ele suportar. Ficar sozinho duas vezes não seria fácil para ele. Também não seria fácil para a minha mãe. Todos os meus assuntos girando em torno de ir embora e ele não entendia uma vontade que nunca sentiu. Ele nunca ficou sozinho, mesmo depois de tu ter partido.

Julian também nunca mais voltou.

A fumaça entrava nos meus pulmões trazendo algum sentido para o mundo. A fumaça deixava os meus pulmões para. Todos os velhos que nunca. Todas as complicações depois de.

Julian também nunca mais.

Todos as estradas que. Os caminhos sem. As voltas. A fumaça se agarrava aos meus pulmões e talvez o mundo fosse mesmo longe demais para ser. Talvez eu fosse longe demais para dentro de mim mesmo e talvez eu nunca mais. Talvez eu nunca tenha. Talvez eu nunca devesse ter.

Julian também.

O rio atravessava a cidade carregando quedas que eu não conseguia entender. Desaguando onde eu devia estar. Talvez ele me. Talvez eu o. Todas as festas. Todos os shows. Todas as pessoas que eu não. Que eu nunca. Bob Dylan cantando sozinho esperando por nós. Para sempre cantando o que somente eu seria capaz de. Nós. Todas as noites em que ele cantou dentro de. As tardes de domingo. Os dias curtos daquele inverno. O último antes de agora. O rio.

Era só o Diego. Só nós dois. Só ele fumando e só eu reclamando da vida. Quando eu reclamava, ele ria. Quando ele ria, ficava melhor.

A cidade dormiria para sempre e, para os habitantes de lá, pouco importava se Bob Dylan. Para eles tanto faria se *Desolation Row*. Eles não conheciam. Tanto faria se apenas eu. Tanto faria enxergar ou. Talvez aquele fosse o começo do. Tanto faria.

Se eu não soubesse das. Se eu não soubesse de todos. Se eu não soubesse dos shows. Se eu não escutasse as estações vindo de longe e se, todos os dias, eu fosse apenas até onde eu pudesse ir. Se eu não conhecesse tudo o que existe onde nunca estarei, talvez existisse. Talvez existisse algum tipo de contentamento com o que fosse real.

Com os dias que são. Com a vida de todos os dias desde o dia em que nasci. Com o mesmo que todos os que ficaram. Os que nunca partirão. E ir levando como se fosse certo se deixar. As noites de frio. As rádios de longe. O cara falando do outro lado. Eu aqui. Do outro lado da parede ela tentando. Sozinha. Para sempre. Do outro lado da cerca, a cidade. Para sempre. E tudo o que eu nunca. Às vezes eu tenho ainda mais certeza de que, mesmo querendo, nós nunca mais.

Julian também nunca mais voltou.

Julian, assim como tu, nunca mais.

Observei a brasa queimar a ponta dos meus dedos. Senti o cheiro forte. O cheiro que um dia foi errado. Guardei dentro dos pulmões até arder a garganta. Depois soltei devagar todo o ar que estava dentro de mim. E saquei que era só eu e o Diego nos trilhos abandonados sobre a cidade vazia. Quase dois fantasmas. E saquei que somos só nós dois perdidos nesse tempo. Nossas vidas queimando tão depressa. Nossas noites cada dia mais frias. Nossos medos perdendo o sentido. Sou só eu e é só ele e se ele não existisse aqui comigo tudo teria ainda menos. Há noites em que existe o lado. Há noites em que sobram as estrelas, as que nunca saíram de lá, ainda, brilhando sobre meus olhos quando deito na cama esperando dormir.

Passou um tempo. O Diego dentro de um silêncio apenas meu. Os cachorros latindo quase invisíveis correndo pelas ruas. Os ecos de todas as vidas que caíram no rio chegando devagar até nós. O eco de todos os trens que um dia nos atravessaram. O eco de todos os trens que um dia correram para o longe, cortando as madrugadas e acordando os insones. Todos os trens do mundo chegando ao mesmo tempo de lugares onde nunca estive. Onde nunca estarei. Fumamos devagar como se o tempo, pela primeira vez, estivesse perto de ser nosso. Eu estava lá até esquecer o que falava antes da frase terminar. O Diego riu sem olhar para mim. Perguntei se ele me via dentro dos seus olhos e depois fui para longe sem sair de lá. As lógicas se esvaíram. O abismo do outro lado. Perto de nós. O rio para os que decidiram. Tu me mostrando o teu disco do Bob Dylan pela primeira vez sem que eu soubesse que a primeira também era a última. Pensei no que eu faço escondido da minha mãe. Quase tudo. Nas provas que eu sempre tenho na manhã seguinte. No sono que eu sempre vou sentir enquanto estiver aqui. A culpa será sempre minha. A mensalidade da escola que o meu pai pagava, e eu não sei se ela sozinha vai continuar. O dinheiro que eu roubei sem precisar. Eu não entendo nada. Nem de Química. Nem de mim. Nem nunca vou entender. Eu nunca quero entender. Uma ansiedade estranha tomou conta do meu peito e eu falei para o Diego que estava com sono. Mesmo sem estar. Falei da prova de Química e ele começou a gargalhar. "Grande bosta. A minha mãe te adora. A gente sempre dá um jeito de tu passar de ano".

Eu ainda me preocupo. Eu ainda quero a nota mais alta sem nenhum exame. Eu ainda quero a menina sem nenhuma recuperação. Eu ainda quero só mostrar o sorriso no rosto da minha mãe. Para ela mesma. Eu não quero precisar que o Diego troque a minha prova quando a mãe dele estiver dormindo. Mas eu ainda prefiro tudo longe dos cadernos. Tudo o que não escola. Tudo existe dentro da minha cabeça e talvez seja o bastante para continuar.

O rio Taquari corria.

Julian também nunca mais voltou.

Chegamos na frente da casa do Diego. Pediu para eu esperar ele fumar mais um cigarro. Ele é o meu melhor amigo. Tudo bem. Ele é o meu único amigo e talvez ele seja o único que sobrou. Ele poderia apenas me deixar ir embora. Me deixar andar sozinho, quando eu quero andar sozinho. Me deixar ficar no quarto, quando é de lá que eu preciso. Deixar que eu decida, antes de ele dizer o que. Eu devia ter ido embora naquela hora. Naquela noite. Eles me esperavam do outro lado da tela. Textos de blogue. Janelas piscando. Notícias de longe. Eles esperavam do outro lado. Fotografias de lugares distantes. Confissões. Segredos. Webcams. Eles. Tu. Tu sem eu saber que também estava lá. Julian também nunca mais voltou. Trechos de diálogos para sempre salvos na nossa memória. Longas frases deletadas para sempre antes de serem lidas. Tudo o que eu preciso esconder de mim mesmo antes que se descubra. Todas as viagens da noite sucumbindo à realidade do sol. O Diego fumando devagar como se toda a vida não esperasse por nós dentro dos computadores. Fiquei sentado no muro esperando ele terminar. Os assuntos acabados e os efeitos abandonando o meu corpo à medida que o sino acumulava horas noite adentro. Meu corpo voltando a sentir. A garganta cada vez mais seca. Respirar machucando por dentro. Como os que não sabem ficar sozinhos, ele tentava me contar alguma história que eu já conhecia. Ele é o meu melhor amigo e talvez isso seja o bastante para me prender ao seu lado. Talvez fôssemos iguais, sem eu querer. Ele era o quando estar só: insuportável. Talvez enquanto ele estiver aqui eu continue sem saber a hora certa de partir. Ele nunca irá. Ir não é o certo. Ele era o teu irmão. Ele é o teu irmão. Por mais que eu sinta, para ele sempre será pior. Enquanto o Diego fumava, o pastor-alemão da Ingrid, a professora de alemão, latiu na quadra de baixo, perto do posto de saúde. Ele só late quando estranhos passam por lá, e estranhos nunca passam por aqui. Estranhos nunca aparecem de madrugada. Estranhos nunca surgem do nada. Ele latia cada vez mais alto, e quando apareceu o desespero nos seus gritos e quando a janela de uma casa se acendeu, o cão voltou, subitamente, ao silêncio inicial. Como quem dorme. Como quem morre. O único poste da rua se apagou e ficamos ainda mais. A lua saiu de trás de uma nuvem e o sino clareou três vezes sobre os telhados. Em algum quarto uma criança. Em alguma cama um velho. Do outro lado da cidade minha mãe coçava os cobertores tentando descobrir de onde viria a força que nos levaria para os dias sem meu pai. Todos de agora em diante. Do meu lado, o Diego. Passos silenciosos eco-aram de dentro do vazio até os nossos ouvidos. Todos os grilos do mundo zuniram ao mesmo tempo acordando os morcegos na casa abandonada do outro lado da calçada. A natureza se manifestava. Alguém caminhava sobre os paralelepípedos. O cão estava quieto e talvez morto para sempre. A cidade parou de respirar. Talvez nunca mais. Talvez nunca tenha. Os passos ficaram mais fortes e os meus olhos cravaram na esquina à espera do que nunca deveria ser visto. A sombra comprida deslizava devagar antecipando a chegada e talvez aqueles pés nunca mais. Talvez nunca tenham. Talvez fosse apenas a sombra voltando vazia às três horas da madrugada para ver a cidade outra vez. Talvez ele fosse a última fumaça deixando lentamente o interior vazio dos meus pulmões. O desenho do mesmo corpo que eu conhecia há um ano. Antes de ele cair contigo. Olhando sem saber quem era. Observando-nos da esquina sem conseguir nos enxergar. Ele. Ou nós três quando fomos Dylan. Os que voltam para o lugar de onde nunca deveriam ter saído. Os que partem de onde nunca deveriam ter chegado. A sombra se estendia pelo chão e a luz amarela dos postes distantes de nós desenhava os cabelos voando devagar contra o vento que não estava lá. Que nunca mais. A nuvem de fumaça se desfazia len-tamente dentro da sombra escondendo o seu rosto. Meus olhos tentaram sem conseguir. O Diego olhava porque não queria ver. Seus dedos arrancando as gramas entre as pedras. Meus dentes mordendo o vazio entre eles. Depois a esquina vazia. Depois os grilos dormindo. Depois os mosquitos sob a luz do poste. Os sapos. Os gatos. Os gritos. A cadeia alimentar voltando a fazer sentido. Julian estava de volta à cidade e nada mais poderia ser feito.

Diego jogou o cigarro para longe. A rua estava deserta. Sempre esteve. Sempre estará. Diego levantou. Esticou os braços. Bocejou. Eu fui embora sem saber se ele havia visto o mesmo que eu.

Era
uma noite
fria de inverno quando ouvi Bob Dylan
pela primeira vez.

Tava eu e o Diego nas ruas da cidade e as casas todas com as portas fechadas. Da rua, as janelas mudavam de cor conforme as cenas na televisão. Os dias terminavam antes mesmo de começar. Sem sol. As chaminés despejavam fumaça nas poucas ruas. Nossos olhos ardiam. Nossos passos corriam. Nossas lágrimas caíam sem chorar. Quando sentimos frio e quando pensamos que a noite havia perdido a graça, voltamos pra tua casa. Para a casa do Diego. Eu dormiria lá. Esse era o combinado. Ficamos no quarto comendo pinhão e escutando música. Eu não lembro qual era. O Diego batia os pés contra o assoalho balançando todas as paredes. Balançando as fotografias penduradas no corredor. De vez em quando a gente abria a janela para ver a neblina esconder a cidade. O sino da igreja entrava fundo dentro dos nossos peitos, mas as batidas ainda não doíam tanto. Não carregavam tantas perdas. O tempo ainda não corria para longe. Os ponteiros ainda não acumulavam óbitos. As horas ainda não eram para sempre a nossa última. Do outro lado do jardim o branco triste das noites de inverno. As longas estradas. As fumaças embaralhando a visão. Os precipícios infinitos para dentro. As melodias cada vez mais distantes e o Diego deitado na tua cama parecia o cadáver de um anjo descansando antes da queda. Ele respirava e talvez vocês dois fossem o mesmo homem. Talvez ele guardasse o que tu nunca seria. Talvez Diego fosse tu, o próprio irmão antes do medo. Talvez vocês nunca se encontrassem. Talvez nunca tenham se notado. Talvez andassem de mãos dadas sem nunca olhar para a mesma direção. Os discos que nunca seriam meus. A fotografia do Bob Dylan na parede velando o sono que não estava lá. Que nunca mais estaria. A fotografia de Bob Dylan guardando todos os segredos em músicas que eu ainda não conhecia. O olhar triste de Bob Dylan carregando todas as despedidas sem que pudéssemos dizer adeus. Sem que soubéssemos. O teu violão sobre a poltrona debaixo da janela. O teu cinzeiro do lado da tua cama onde o Diego dormia. A motocicleta cada vez mais perto de mim acordando todos os cães da cidade. A motocicleta cada vez mais forte e a mão pesada do cansaço sobre os olhos do insone. Todos os brinquedos do mundo se despedaçando devagar. Teus pais dormindo juntos sem saber que aquela era a tua última noite antes do nunca mais voltar. A música terminou e o silêncio da cidade invadiu o quarto. Do outro lado do rio a minha casa continuava a mesma casa. A ordem dos dias cumpria o seu ciclo sem que fôssemos avisados do seu curso. Do outro lado do tapete Diego dormia sem saber que tu partiria para sempre de nós. O corpo do Diego absorvia as dobras do teu lençol. Do outro lado da noite o ronco forte da motocicleta de Julian, cada vez mais nítido dentro da neblina. Os cães emudeceram. As estradas o trouxeram à cama onde eu respirava o ar do quarto que não era meu. Diego dormia e, talvez assim, sem falar, ele fosse apenas uma parte tua tão perto dos meus dedos. Talvez ele também pensasse sem conseguir parar. Talvez ele também não dormisse. Talvez eu não estivesse sozinho dentro dos meus pensamentos. A motocicleta acelerava do outro lado da janela. O barulho ficou mais suave. Vocês dois riram. A moto arrancou para ir ficando, pouco a pouco, cada vez mais distante. O barulho se perdia nas esquinas. Ecoava entre a névoa espessa da noite de inverno. Quase manhã. A porta do quarto agora balançava e o assoalho rangia quando a corrente de vento gelado penetrava nas frestas da madeira. A claridade do corredor desenhou a sombra dos móveis e depois o rosto daquele Bob Dylan colado na parede. Tu entrou no quarto e sentou do lado da cama onde eu estava deitado. Meus olhos tentaram enxergar sem abrir. Era errado estar lá. Eu roubava o que nunca poderia ser tocado. Eu invadi o território. Tu sentou e, sabendo de tudo o que escondia sob os olhos fechados, disse para eu olhar fundo dentro do retrato colado na parede. Disse para eu fixar os meus olhos dentro daquele Bob Dylan. Meus olhos abriram e ele sorria para mim. A porta abria e depois fechava lentamente, e tu dizia para eu olhar fundo nos olhos mudando de luz. A claridade revelava detalhes que eu ainda não havia percebido. Tu repetia devagar a palavra *"Geheimnis"* e a nossa chave estava no olhar perdido daquele Bob Dylan olhando para dentro de nós. Depois tu te levantou e foi até a tua cama, onde o Diego dormia. Tirou um cobertor de dentro do roupeiro e cobriu o irmão. Ficou um tempo olhando para ele dormir e depois beijou o rosto como quem beija pela última vez antes do caixão se fechar. Foi até o aparelho e soltou a agulha para os primeiros acordes de um canção antiga penetrarem o nosso pequeno silêncio. A agulha deslizava sobre o vinil e a gaita soprava cada vez mais forte para dentro dos meus ouvidos um mundo que me chamava. Tu não estava mais lá. Antes de sair, olhou mais uma vez para o rosto do

Bob Dylan e vocês dois pareceram um só. Colocou o indicador sobre os lábios, e depois saiu do quarto. Teus passos rangeram as tábuas do corredor e a casa estava quente. A cidade reluzia sob a névoa espessa da madrugada fria. Abri os olhos e o rosto do Bob Dylan estava dividido ao meio pela claridade que entrava através da porta entreaberta. O olho dele sorria dentro do meu e ele cantava sem acordar o teu irmão. O barulho da motocicleta do Julian voltou a invadir a madrugada cada vez mais agressivo até se sobrepor à música. Acelerou com toda a força do outro lado da tua janela. Teus passos correram pela casa. A porta bateu para se fechar para sempre atrás de ti. Teus pés atravessaram o jardim pela última vez, sem querer voltar. Depois o ronco do motor foi ficando, novamente, distante do quarto e, pouco a pouco, a voz do Bob Dylan voltou aos meus ouvidos.

Em algum lugar da cidade os meus olhos dançavam fugindo de mim. Em algum lugar do mundo tu e o Julian sentiam todo o vento gelado arrancando os cabelos. Todas as motocicletas e minhas veias aceleravam e, subitamente, o vento soprou meu rosto. Vocês se davam as mãos sobre a ponte de ferro que divide a cidade e o mundo se abria antes da queda. O rio escondido sob a fumaça branca do dia quase nascendo guardava no silêncio profundo das suas águas escuras todas as partidas e todas as chegadas. Todas as terras cantadas pelo cara da fotografia. Vocês foram. Tu o seguiu. E nunca mais voltou.

O dia amanheceria. O sol poderia brilhar para sempre. Bob Dylan nunca mais deixaria de tocar em algum quarto escuro perdido dentro de nós. Naquele dia vocês partiram, mas somente Julian foi capaz de voltar.

O
Diego

entrou, bateu a porta e eu fiquei olhando para a noite. A cidade era o filme parado depois do susto. Na esquina, a figura do Julian continuava queimando a minha retina e não foi preciso decidir para seguir a mesma rua que ele havia seguido. Seus passos silenciaram a cidade e os cães estavam todos mudos agora que ele estava lá. Tudo continuava igual em algum lugar para onde eu não conseguia mais voltar. Para onde eu nunca mais conseguiria. A tua voz se misturava com a voz do Bob Dylan cantando aquela música pela primeira vez e tu tava ali comigo, pela primeira vez, depois de não mais estar. Os triângulos fechavam arestas e faltava pouco para sermos três.

Na última vez que ouviu Dylan, tu tava olhando para mim.

Teu dedo gelado pressionava os meus lábios dentro daquela noite fria tornando o nosso silêncio cada vez mais inquebrável a cada passo avançado. O nosso segredo também se solidificava em mistério. *Geheimnis* — eu repetia baixinho, quase falando para mim mesmo. Julian agora caminhava novamente pela cidade. Talvez ele tenha esquecido de partir quando saltou da ponte. Talvez sorte. Toda a sorte do. Ou a falta dela. Toda. Talvez ele não desejasse com tanta. Como tu. Toda a força que tu teve de ter para conseguir. Talvez ele ainda não. Talvez ele tenha sido o medo. Quando a cabeça bater contra a água escura e finalmente libertar todos os neurônios sobre a pedra pontiaguda esperando para misturar sinapses e águas do rio Taquari. É assim que as coisas acontecem, eu sei. Talvez ele tenha amenizado a queda, segurado os joelhos ou protegido o pescoço, sem saber que a pior dor é a dos que voltam. E a dos que ficam. A dor dos que não tentaram e não conseguiram. Eu precisava tentar. Talvez, no percurso daquele salto, ele tenha chamado pela vida. É preciso não chamar. Não olhar para trás. Nunca pensar que talvez não. Eu não vou ficar velho e gordo vendendo material de construção atrás do balcão da loja que era do meu pai. Quando eu abrir os olhos, a vida ainda não vai ter passado.

A cidade
perdia a
importância à medida que meus passos avançavam calçadas na direção da casa de Julian. Meus pés deixavam de ser parte de mim a cada metro adquirido. Quando não existe mais como voltar atrás, os que seguem por inércia não se perguntam para onde vão. O meu corpo caía lentamente no abismo para dentro dos meus passos. Sem nenhuma corda para não me segurar. Todos os ventos para esquecer. Cair nunca mais me traria de volta. Partir era. Pela primeira e última vez, partir era. Tu e ele, eu começava a entender, haviam sido feitos para a mesma estrada, não para o mesmo fim. Ou, quem sabe, nós três seguíssemos o mesmo rumo por caminhos diferentes. Ambas as possibilidades continham em si a impossibilidade de não estarmos juntos.

O vento frio soprava mais forte à medida que a casa de Julian se aproximava. Guardei as mãos nos bolsos e encontrei o dinheiro da minha mãe que eu havia roubado. Eu não precisava, mas. Roubar era o verbo. Se eu precisasse, ela não me daria, mas roubar era o verbo. É preciso agir. As ruas seguiam escurecendo e as lâmpadas amarelas eram todos os postes quebrados pelos guris daquela cidade. Eu e tu nas noites que não. No verão que não. O barulho do Taquari a cada passo mais forte, cortando a cidade ao meio. O Taquari, lentamente, inundando todos os quartos. Todos os sonhos. Todas as. Na madrugada o rio sempre acorda os que estão prestes a. Somente os insones. Toda a matilha latindo ao mesmo tempo — são as águas gritando. A correnteza adquirindo uma força capaz de atrair todos os cães para dentro dela. Os postes esquecendo de iluminar. A casa de Julian sempre escura, vista ao longe, na última rua antes das plantações. Habitante da borda.

Fiquei parado observando o pequeno gramado onde tu e ele ainda rolavam nas tardes de sol antes da chuva do final do dia. Quando vocês eram novos. Quando tu ainda. As peças se encaixando. Depois as janelas da tua casa se fechando para sempre. O jardim sem teus passos para sempre. Cansado, como todos os jardins da pequena cidade. A porta sem tapete para os pés que nunca mais entrariam quietos tentando não quebrar o silêncio das noites de frio abaixo de zero. As tardes do sol antes do verão terminar. A vida antes do. Antes do ir embora para. Antes que Julian voltasse à superfície sem entender por que não. Sem nunca mais conseguir lembrar o caminho de volta. Sem saber por onde. Sem ter para. A calçada desviava os meus pés, todos os dias depois da escola, daquele trajeto perigoso que me levaria até. Vocês dois escondidos atrás do muro, à espera dos mais novos. Soldados entrincheirados a tarde inteira. Bandidos à minha espreita. Os dois mais velhos. Os dois mais. Todos os mais fortes do que nós. Todos os que fazem o que eu nunca. Todos os que fizeram.

Do outro lado da parede o pai de Julian tentava descobrir qual dos dois era o culpado pela queda. A mãe perdia os cabelos sem saber por onde começar o entendimento. A vida havia, de um dia para outro, de um salto sobre o vazio, perdido subitamente toda a sua. Os vizinhos escutando rádios de pilha, sentados na varanda, vendo a noite chegar devagar de trás dos morros, intuindo a falta do casal da casa ao lado agora sem filho. As quatro pernas do casal sobre o piso frio, esperando notícias de um hospital distante. O chimarrão correndo mãos cansadas. O Punk lambendo espaços sujos entre os dedos dos pés. A língua do pequeno vira-lata desvendando os últimos prazeres do casal quando ainda olhava para o filho deitado sobre a grama olhar para o céu sem poder imaginar que dentro daquele coração se escondia um perigo. Uma porta esquecida aberta. O filho latejando a partida. A queda tatuada atrás das pálpebras. O cachorro dormindo ao lado de Julian antes de ele cair. O cachorro atropelado que ele encontrou na estrada e ninguém acreditou que fosse sobreviver. Só eu. E ele. E tu. Tudo o que aqueles pais faziam antes do filho cair. Antes do filho te mandar embora. Ele não teve culpa. Sobreviver não significa estar a salvo. É preciso sanidade para manter a rotina das pequenas cidades. Antes do hospital, dentro daquela casa um dia existiu uma família. Antes dos quartos fechados, dentro daquela casa um dia existiu uma família. Tudo o que os pais deixaram de ser depois que o guri foi embora. Antes de voltar. Todas as velhices que chegaram cedo demais ao outro lado do espelho depois que o guri foi. Antes de voltar. Ele havia voltado. Mortos não voltam. Ele havia morrido. Vivos não caem. Ele havia caído. Caídos não sobrevivem. O mundo girando rápido demais para ser acompanhado. A casa de Julian, vista àquela hora da madrugada, era o retrato do abandono.

Depois de um tempo à espreita, uma luz se acendeu na janela e eu fiquei ainda mais atrás do tronco do pinheiro, tentando enxergar sem ser visto. Quando olhei de novo, a luz continuava acesa e a janela agora estava aberta deixando o vento frio entrar na madrugada da casa que era sua outra vez. Julian de volta à cidade. O mundo fazendo sentido. A vida podendo acontecer a qualquer momento. Outra vez. Assim que eu decidisse. Outra vez.

Saí do jardim carregando toda a vergonha alheia de mim mesmo. Carregando tudo o que eu ainda não sabia que um dia seria capaz de sentir. E todo o medo, pela primeira vez, de ser visto fazendo o que nem eu mesmo entenderia. Alguma vizinha. Alguma velha. Alguma mulher que contaria para a minha avó as coisas que eu não sei se faço de verdade. "Eu vi o teu neto rondando a casa do guri que tentou se matar. Que matou. Que. Ele tava rondando a casa dele de madrugada. Avisa a tua filha. A gente se preocupa". O guri que tentou se matar tava mais vivo do que qualquer um dos que continuavam lá.

Continuei tentando voltar para casa. O sino continuou entrando na madrugada sem entender que o tempo estava parado. Ele não devia tocar. Vontades que não eram minhas contaminavam os meus pés e eu tropeçava ainda mais, cada vez mais, para dentro de mim. Caindo em lugares perigosos. Esbarrando em ilusões perdidas. Pisando sobre um terreno desconhecido. A cidade subitamente se transformando em um campo minado de precipícios internos. Julian está de volta. Os fornos da olaria na estrada de terra antes da ponte de ferro queimando os meus olhos fixos na luz que vinha deles. O fogo se apagando para acordar uma outra vez, quebrando o frio da noite mais fria de todos os tempos. Depois o calor desaparecendo por completo até que o vento vindo de algum lugar muito distante, talvez o Minuano, voltasse para convocar as brasas a serem labaredas mais uma vez. Minha boca sorria. Meus olhos ardiam. Meu peito doía. O barulho do rio ficou mais forte e não foi preciso olhar para saber que a ponte estava muito mais perto de mim do que jamais havia estado. Não foi preciso lembrar para saber que eu teria de atravessá-la sozinho se ainda quisesse voltar para casa. Eu queria.

Para a minha cama. Eu queria. Para o meu quarto. Eu queria. Não foi preciso prever o medo antes de. Sufocando a minha. Dilatando as pupilas. Suando.

Voltei a caminhar. Cada passo um pouco mais. É preciso velocidade para. Seria preciso fechar os olhos na hora de atravessar a ponte de ferro para não enxergar todas as partidas que sempre fizeram parte daquela antiga estrutura de metal, madeira e vento. Todos os gritos que ela sufoca quando a queda atinge o rio. Meu queixo batia e eu queria que fosse o frio, não a noite. Não tu me chamando de dentro dela. A ponte de ferro na escuridão das árvores desenhava as sombras de uma milimétrica composição de vigas enferrujadas dando ao caminho uma escuridão que eu ainda não havia experimentado. A lua voltou para trás da nuvem porque ela também tem medo das mesmas coisas que eu. Ninguém poderia me. Uma saudade estranha do Diego, e eu só precisava saber a velocidade com que os meus pés deveriam andar ou calcular a quantidade de passos ou rezar algum Pai-Nosso, para sentir qualquer coisa que não fosse medo. Tropecei no cordão do tênis. Ajoelhei e, um pouco antes de levantar, o cachorro preto andava sobre a ponte.

Pensei em correr. A voz morta de um pai que não existe mais lembrou que animais farejam o medo alheio. É sempre melhor ficar parado frente ao instinto, não à alma. Ele vinha pelo meio da ponte e eu também. Aqui não usamos calçadas. Aqui não existem calçadas nas estradas vazias. Aqui os carros não saem à noite. Aqui os homens dormem quando a cidade pede o sono. É preciso respeitar as leis da terra. Fiquei parado. Talvez esperando que ele passasse por mim. Ele vindo devagar. Cheirando o chão na minha direção. Farejando algum caminho que me levasse a ele. Tentando reconstruir as pistas de alguma volta. *Geheimnis*. Estamos sempre voltando para a casa.

Ele olhou para o rio que existia além das vigas. Seus passos chegaram até a beira da ponte, no último ponto antes da queda. O último passo antes do. Seu corpo negro respirava e a sua cabeça desaparecia na escuridão. Talvez ele escutasse a matilha o chamando para o mundo dos cachorros mortos. Ou enxergasse todos flutuando para longe da cidade, sem nunca sair de lá, sempre presos dentro do mesmo Taquari. Era ainda mais simples: ele, como todos os cães, também farejava a morte. Talvez saltasse. Talvez morresse. Talvez, se seus instintos falhassem, deixaria de ser um animal para ser um suicida. É preciso estar vivo para poder morrer. É preciso ter alma para aceitar perder.

Quando passei ao lado, ele tirou a cabeça da escuridão e os seus olhos entraram dentro dos meus. Ele sorria sabendo que eu sentia todo o medo que ele guardava entre os dentes afiados. Ele me conhecia. Duas partes de um. Ele sabia o que eu escondia, escondo, em mim tão bem de mim mesmo que nem mesmo eu ouso saber. Todos os pelos do meu corpo acordaram ao mesmo tempo e, quando olhei para trás, a ponte estava vazia outra vez. Como nunca esteve. O vento parou e, de alguma janela, o grito de uma criança saiu chorando por trás da cortina. Muito depois da meia-noite, meu coração parou. Muito depois da meia-noite, o tempo também.

De volta à terra firme, do outro lado do muro, o campo de futebol revoava corujas e morcegos comiam insetos. Meus lábios assobiaram uma melodia que eu não conhecia. Um cachorro latiu forte atrás de mim e eu virei sem pensar em ver. Não era ele. A ponte continuava vazia e os latidos eram os cães ecoando novamente, ainda mais forte, de dentro do rio até a margem oposta. Mais um havia caído. Todas as lâmpadas continuavam desenhando a monotonia dos círculos amarelos sobre o chão. Mais um havia caído. O vento voltou. Bob Dylan cantaria em uma parte do mundo onde eu nunca. Ainda nunca. O vento entregava a resposta exata para uma pergunta que eu não tinha coragem de. Caminhei rápido. Como correr sem fugir. Como saber sem admitir. Olhava para os meus pés e só para os meus passos e só para que fosse real. Um apito distante escorreu o primeiro fio de suor sob os meus braços. O barulho do trem que não estava mais lá atravessou a cidade. As ferrovias abandonadas tremeram todas ao mesmo tempo. Tonela-das rasgaram a noite numa velocidade impossível de ser contida. O silêncio eloquente antes do salto. Meus pés correndo de volta para casa sem saber a direção. Naquela noite, pela primeira vez, eu também era um Bob Dylan.

Se tu não tivesse ido, eu não estaria.

Se Julian não tivesse, eu não teria.

Lá embaixo, nas águas do rio, alguém, cuja voz eu não conseguia identificar, me chamava por um nome que eu não.

O poste na frente de casa. A minha casa longe de tudo.

Corri a distância que faltava e olhei de novo para a ponte de ferro antes de saltar sobre o muro do meu jardim. Os três postes do outro lado do rio ficaram mais fracos e o terceiro apagou antes do segundo, e um pouco antes de tudo virar escuridão. Atravessei o caminho de pedras sem pisar na grama até a chave emperrar na fechadura. Quando entrei, bati a porta com força. Talvez minha mãe acordasse e, naquela hora, ela saberia tudo o que eu tinha para. Tranquei por dentro. Acendi as. Fechei a. A geladeira parou de. A casa fez um silêncio. Talvez mais do que fosse preciso.

Lembrei de quando eu dormia junto deles.

Tomei um copo, mas minha boca continuava.

Entrei no quarto e o computador estava desligado. Não sei por quê. Nem por quem. Tirei os tênis e ficamos embaixo dos coberto-res. Fiquei.

Pensei em escovar os dentes. Pensei em desligar a. Pensei.

Dormi com a luz e os dentes sujos. Dormi segurando os dedos dentro das mãos. Quase sem me. Quase sem saber que, do outro lado do monitor, todos estavam. Cada vez mais.

Amanheceu.

O dia estava diferente dos outros.

Não
     foi preciso
          acordar para perceber que os sonhos daquela noite haviam me levado longe demais para dentro de mim mesmo. Eu nunca mais fumaria. Eu nunca mais desobedeceria a. Meu nome pararia de acumular sujeiras. Julian estava na cidade e eu precisava me segurar se não quisesse ser o próximo a cair junto dele.

Colado na parede, ele ainda sorria dentro do pôster. Seus olhos deixavam de ser criança para anunciar um velho que eu não havia percebido até então. Os olhos daquele Bob Dylan eram os meus olhando para dentro de mim tentando entender quem eu era e quantos anos eu teria naquela manhã. Envelhecemos.

Acordei com uma ansiedade que vinha do nada: aquela cidade talvez fosse o lugar onde estar.

Talvez fosse só tarde demais e a primeira aula já estivesse perdida, a tarde aproximando-se do recreio e a prova de Química parte de um passado que nem chegou a existir. Talvez fosse quase meio-dia e só por isso eu sentia o mundo leve, os olhos sem sono e a vontade de acordar. Quando a luz do telefone iluminou o meu rosto, vi que ainda faltava tempo para o despertador. O dia ainda estava longe, mas meus olhos não carregavam o sono acostumado de todas as manhãs. *One too many mornings*. As vacas e o primeiro leite mugindo em algum potreiro perto de casa. *One too many mornings*. O orvalho afiando o pasto no caminho para a escola. Os homens partindo o campo. *I'm not sleepy and there ain't no place I'm going to*. Meu corpo acordava o primeiro amanhecer depois de todas as noites dormidas. A primeira manhã do começo de alguma coisa. O tempo passava rápido demais para eu continuar dormindo. Julian estava de volta à cidade.

Do outro lado da parede, no final do corredor, dentro da cozinha, ela ouvia no rádio o anúncio das mortes ocorridas na madrugada passada, sem saber que eu estava entre eles. Fiquei sentado na cama prestando atenção na voz do locutor para saber com que intensidade o meu nome seria lido no obituário da Radio Independente. Esperei a lista terminar e não escutei o meu nome no meio dos que foram anunciados. A localização dos cemitérios chegou ao fim sem que meu sepultamento fosse sequer mencionado. As pessoas recebendo, todos os dias, antes do sol nascer, a notícia daqueles que, a partir daquele dia, não estariam mais entre nós. O tempo passando rápido não precisava ser entendido. A vida correndo para longe não interessava para os que decidiram permanecer no mesmo lugar. Continuar. Continuar. Continuar. O rio engolindo existências onde estradas não passavam. Não precisavam passar. Ninguém partiria. Os trilhos abandonados. Os trens se esquecendo de nós à medida que também nos esquecíamos deles. Não acordávamos mais no meio da noite com o ruído da viagem. Talvez o meu corpo ainda não tivesse sido localizado pelo resgate e por isso a minha morte ainda não havia sido anunciada junto com as outras mortes daquela manhã. Mereceria a minha morte um tipo especial de notícia? Ainda era cedo demais para ela notar a minha falta dentro da casa. Para ela, eu continuava dormindo. Para mim, eu estava morto. Não importaria o quanto ela me visse. O quanto ela falasse comigo. Quantas perguntas pudesse fazer. Eu não estava mais lá.

A claridade tingia de amarelo o dia por trás da cortina e a noite terminava sem ainda ser manhã. A manhã era o híbrido da luz com a falta dela eu lembrei de nós naquele fim de tarde quando eu esperava pelo Diego no muro da tua casa.

A moto voando pela cidade e o sol se pondo rápido demais. Era inverno. O Diego demorando, eu sentado olhando para a rua deserta e o Julian chegando antes de vocês saírem de casa. Ele parou a moto bem na minha frente e ficou olhando para o meu peito sufocar sem que fosse preciso me jogar no chão. Acendeu um cigarro e perguntou se eu gostava de ver o pôr do sol. Eu disse que sim e ele contou que no pôr do sol, somente nele, as criaturas da sombra se libertam da escuridão para caminhar entre nós, os vivos. Ele disse que o tempo não importava porque era tudo apenas uma questão de luz. Ou da falta dela. Eu perguntei o que eram as criaturas das sombras e ele disse que era a "*death*" chegando mais perto. Depois vocês atravessaram o jardim e eu fiquei sem entender. O Diego sentou do meu lado no muro e tu sentou na moto do Julian. O cheiro do xampu dos teus cabelos desaparecia no vento cortando os olhos, sobre a motocicleta voando na direção do sol que sumia, devagar, rápido demais, atrás do rio Taquari. Pensei em muitas coisas naquela hora. Nas criaturas das sombras se libertando. No tempo que duraria o seu passeio entre nós. Na motocicleta. Ele acelerava para o distante e eu tinha medo de que vocês nunca mais voltassem.

Se a luz era o que importava, talvez as criaturas das sombras também passeassem no nascer do sol. Talvez elas estivessem comigo naquela hora, brincando entre as cobertas, sem saber se eu era um vivo ou se agora eu era um deles. Perfurando o meu estômago. Talvez elas fossem embora antes que. Talvez eu fugisse com elas para. Talvez o ronco forte da motocicleta tenha me acordado naquela manhã e, naquela manhã, eu não conseguiria mais lembrar há quanto tempo havia sido a noite passada. Ele estava de volta à cidade, mas eu preferia duvidar. Eu estava vivo, mas não conseguia.

No canto do teto a última estrela que sobrou do meu pai perdia o brilho à medida que a claridade. Eu sentia uma vontade e o meu corpo coçava inteiro por dentro e eu sabia que faltava muito pouco para alguma coisa há muito tempo esperada finalmente acontecer. É sempre no inesperado que a felicidade aparece. Naquela época eu ainda não. É sempre nos momentos entre a luz e a escuridão que eles passeiam entre nós. Deitei sobre os cobertores, esfregando os pés e olhando para a estrela sozinha. Fechei os olhos. Alguém atravessou o ar, apagou noite e amanheceu. Para que tudo voltasse ao normal.

Quando liguei o computador, o vento frio entrou pelas frestas e ninguém estava do outro lado. Era cedo e as pessoas do longe dormem durante o dia para viver à noite. É isso o que eles me. Era assim que eles. Devia ser essa a lógica na vida deles e deveria ser essa a lógica da minha vida se eu não morasse longe. Eu também tentava não viver durante o dia.

O galo despertou os homens e eles saíram para servir os animais. Os que precisam de comida, de sol e do pasto frio da madrugada. A vida que é. Só para eles. Os que não tem alma.

Entrei no meu e-mail e havia uma mensagem de "E.F." contando sobre o boato de que Bob Dylan faria um show secreto na sua cidade dentro de três dias. Era verdade. O que ontem era novidade, era possível que hoje já fosse fato, e "E.F." me chamava para ir com ele. Eu me senti um. Pela primeira vez eu devia. Pela primeira vez parecia possível descobrir o que existia além. Seria. Dylan tocaria em pouco tempo em um lugar real e, até lá, era possível que Julian já tivesse partido outra vez. Ele não suportaria muito tempo longe

43

de ti. Sozinho naquela cidade fria, eu descobriria o caminho e, se ele quisesse, poderia vir comigo. Eu seria *Mr. Tambourine Man* para mostrar a ele um Bob Dylan possível.

O teu dedo pressionando os meus lábios faziam de mim um instrumento do teu segredo toda vez que eu lembrava de ti. A porta do teu quarto se fechando devagar, deixando o escuro iluminado pelos teus olhos quando me olharam pela última. A motocicleta do Julian te levando para. O abraço forte do Diego, atrás da igreja, enquanto teu velório acontecia e enquanto os gritos agudos da tua mãe atravessavam os vidros onde as moscas, enlouquecidas, tentavam penetrar. Nossos olhos que não. Os olhos do Bob Dylan olhando para mim na parede do meu quarto. A estrela do meu pai ofuscada pela claridade do dia que começava. Das vontades que eu apontava. Das partidas que eu anunciava. Nem sempre é possível ir embora sem a ajuda dos que tiveram menos medo. Julian estava de volta à cidade. Talvez ele ainda guardasse as chaves. Talvez ele ainda tivesse coragem de partir.

Sentia o mundo escorregar para longe de mim, mas ainda tentava, com todas as forças, me segurar em cima dele. Coloquei "*Mr Tambourine Man*" no último volume. Respondi à mensagem de "E.F.": — É real esse show do Dylan? — a resposta viria ao anoitecer, quando ele estivesse acordado. O mais importante era acreditar que eu seria capaz de seguir as minhas estradas e ir. O mais importante era não duvidar que eu conseguiria fugir por estradas inexistentes. Estaremos sempre voltando para casa sem nunca chegar: *Geheimnis*.

Coloquei o uniforme, peguei a mochila jogada atrás da porta e o fone nos ouvidos. Minha mãe perguntou se eu precisava de dinheiro e não precisei responder para dizer que não. O caminho entre a porta de casa e a sala de aula nunca foi tão longo. Voltar atrás era, a cada passo avançado, um caminho cada vez mais sem volta.

Comecei a ler as questões da prova de Química, mas era difícil. A tua mãe sorrindo como se fosse tu nos olhos dela olhando para os meus. Me chamando para fazer o que tu não fez. Bob Dylan cantando sem ninguém. Eu longe. Longe do Diego. Longe de ti. Longe das questões da prova. Longe da minha mãe. Do jardim da casa dos meus avós. Das estrelas que não estão mais coladas. Longe de tudo o que eu pudesse. Olhei ao redor e toda a sala de aula escrevia. Eles conseguiam pensar apenas nas questões reais. Eu queria também ser capaz de só pensar no que. Continuei tentando resolver os cálculos e fui o primeiro a terminar. O alívio de quando resolvi a última questão foi quebrado pelo relógio anunciando menos de dez minutos passados. Um frio como preocupação encheu o meu estômago e eu sabia que nada estava do jeito certo. Tentei revisar as equações, mas era tudo tão longe dentro da minha cabeça. Eu não queria ser o primeiro. Eu não seria o primeiro a deixar a sala de aula. Refiz todos os cálculos e depois calculei os dias e as horas que faltavam para o show. Eu tinha tempo. Eu tinha muito tempo para dar um jeito. Resolver o rumo e encontrar os caminhos que me levassem. Levantei da cadeira, entreguei a prova e fui o primeiro a sair. Setenta e duas horas para o show. Se fosse show. Se não fosse, pelo menos eu estaria longe. Num lugar onde nunca. Num lugar que talvez exista perto.

Fiquei andando pelo corredor da escola, imaginando formas de ir embora e esperando o Diego sair para me ajudar. Eu até queria que ele fosse comigo, mas ele jamais. Depois do que tu fez, o Diego ficou com medo de quase tudo. Os teus pais não deixam. Talvez seja por isso que ele fume. Talvez seja o único jeito de aguentar. A minha mãe me controla, mas quando eu decido fazer alguma coisa, eu. Eu acho que sempre. Eu nunca fiz nada que precisasse de coragem para. Eu nunca fiz nada que eu precisasse fazer.

As pessoas demoravam para terminar. Ninguém saía da sala de aula. A ansiedade crescendo de um jeito que era cada vez mais difícil. O Diego era uma outra dimensão do outro lado da porta. Do lado de dentro da sala. Fui para a biblioteca e perguntei à atendente se o computador estava conectando. Ela respondeu que não. Normal. Peguei um gibi da Turma da Mônica. Parecia que a cada minuto a minha cabeça ficava ainda mais cheia de. Mais cheia de ir. Mais cheia, e não fazer o que eu queria não fazia mais parte. A possibilidade de a mensagem de "E.F." ter sido apenas uma brincadeira, ou que o boato daquele show fosse mesmo só um boato insinuou um desânimo do mundo e um cansaço de ter de ser sempre eu. De lidar com as minhas. De me suportar. Um cansaço de sempre esperar. Depois toda a ansiedade voltou como uma droga que não cansa de agir e, mais uma vez, era difícil controlar o fluxo dos meus pensamentos sem projetar as estradas, os caminhos, as distâncias, as despedidas. Ficava repetindo para mim mesmo: — É só um show — tentando me convencer de que eu deveria ter calma e esperar o momento certo sem saber que nunca é o momento certo. Sem saber que o momento certo é sempre o mais rápido. Sem saber que as vontades se esvaem e tudo é tão depressa que, quando acordamos, já terminou, os anos se passaram e nada aconteceu.

Peguei o celular e liguei para a minha mãe. Chamou duas vezes e esse foi o tempo para entender que nanda adiantaria falar com ela. Ela era a última pessoa que podia. Assim como ela, eu também queria ter ficado para sempre perto do meu. Assim como ela, eu também entendia tão pouco sobre. Carregávamos os dois as mesmas dúvidas. Perdíamos os dois o mesmo sono. Dormíamos os dois tão perto sem saber que as nossas dores reverberavam em ambos. Sem nunca saber que um dia fomos feitos da mesma. Sem nunca saber que nossos olhos carregavam as mesmas lágrimas e nossas mãos traziam as mesmas despedidas. Às vezes eu queria que ela fosse mãe de qualquer outro. Talvez assim ela teria chance de ser uma mãe feliz. Mas eu não queria ser filho de nenhuma outra que não fosse ela.

Quando o tempo da prova acabou, fui procurar o Diego no pátio. Ele tava com uma galera, sentado no banco que tem na frente do campinho de futebol, vendo a turma do terceiro jogar. De longe eu tentava fazer algum sinal para ele vir falar comigo, sem que os outros percebessem, mas ele não parava de falar e nunca olhava na minha direção. Às vezes eu não entendo como a gente pode ser melhor amigo. Às vezes eu acho que o Diego só é o meu melhor amigo por falta de opção. Ou porque ele é teu irmão. No meio de todos os que não têm nada que ver comigo, ele é o único que se esforça para me entender e é o único que, às vezes, se empolga com as mesmas coisas. Tem dias que eu me sinto interesseiro, parece que eu não suporto ficar sozinho, então eu tenho o Diego para disfarçar. Quando estamos só eu e ele, eu nunca me sinto sozinho. Quando eu estou sozinho, também não. Eu sinto solidão quando estou na aula de Educação Física. Eu sinto solidão quando estou nas festas do colégio, da cidade, da família. Eu sinto solidão quando o domingo termina. Quando me arrumo para sair e tudo continua igual, não importa como eu me vista.

Antes de a aula terminar, todo o meu material já estava guardado na mochila. Quando o sinal tocou, eu saí correndo. Queria chegar logo em casa para ver se tinha alguma mensagem de alguém de longe. Na rua, lembrei que o mais importante era falar com o Diego sobre o show e ver se ele tinha alguma ideia para me ajudar. Se ele pensava talvez em ir. Fiz questão de estar muito certo e seguro de que valia a pena fazer aquela loucura, para não me deixar levar pelo pessimismo dele. Eu sabia que ele seria contra, mas também sabia que, depois de perceber que eu não mudaria mesmo de ideia, acabaria me ajudando.

Sentei no muro do Posto de Saúde, do outro lado da rua da escola, tentando encontrar o Diego no meio de todo mundo saindo ao mesmo tempo pelo portão. O tempo ficou pesado e começou a trovejar. As crianças corriam e algumas choravam porque o vento forte jogava poeira dentro dos olhos. Tive vontade de subir no muro e abrir os braços para sentir a tempestade entrar dentro de mim. Um raio explodiu sobre a montanha e se ele me atingisse tudo estaria finalmente. Talvez eu finalmente. Talvez eu acordasse longe e nunca mais sentisse. As mães gritavam e corriam arrastando os pequenos, fugindo do temporal que se armava sobre a cidade, o Diego não aparecia e o vento cada vez mais forte, os raios cada vez mais perto. Nos potreiros, atrás da escola, as vacas corriam para o curral e os cachorros se escondiam nos porões das casas. Antes que eu pudesse perceber, a rua estava deserta. As casas todas fechadas. A tempestade pronta para. Desci do muro e, antes de chegar à esquina, o barulho da motocicleta atravessando o temporal pelas costas encheu de granizo o meu. Uma rajada de vento cegou os olhos e todas as sujeiras do mundo. Meus cabelos voavam para longe e não era preciso abrir os olhos para ver os galhos sacudindo as árvores. Os telhados voando. As folhas indo, cada vez mais, até desaparecerem entre as nuvens. A motocicleta cada vez mais às minhas costas e eu sabendo exatamente quem estava sobre ela. Não conseguia abrir os olhos para encontrar o caminho de volta. A esquina a poucos passos e todos os motores eram Julian escondendo o sol do meio-dia. Todos os motores eram os meus ouvidos e os meus olhos. Todas as chuvas antes de cair sobre as casas. O ronco da motocicleta voltava a cortar o vento após um novo trovão e eu nunca deveria olhar. Eu nunca deveria conhecer o nome dele. Eu nunca deveria saber da sua volta. Eu nunca deveria estar fora de casa, quando a cidade inteira está protegida. Eu nunca deveria estar perdido antes mesmo de.

A moto se aproximou e diminuiu a velocidade. Bem do meu lado. Agora ventava menos e as janelas fechadas não sabiam que a tempestade estava longe. Não choveria sobre nós. Um cão atravessou a rua com a sabedoria dos que entendem as transformações da natureza. Do outro lado do rio, minha mãe esperava. Esperaria para sempre. O barulho do motor ficou mais. Olhei para o lado. Ele. Julian. Ele sorria deslizando. Ele olhava para mim e eu olhava para ele fechando os olhos devagar e depois abrindo outra vez. Ele sorriu como se me. Um raio caiu perto. A tempestade voltou com força e certeza e chover era questão de. Talvez correr seria. Fugir. Meus pés pararam vendo seu corpo desaparecer sobre a motocicleta no meio do vendaval. Ele parecia. As tempestades nunca mais o atingiriam. Quando voltei a ficar sozinho, alguma coisa estava. Tudo era muito menos importante do que eu queria que fosse.

Quando entrei em casa, a minha mãe continuava na cozinha. Preparava o nosso almoço enquanto o rádio noticiava as mortes ocorridas na região durante a manhã que acabava de terminar. Esperei o meu nome ser lido pelo locutor e o medo foi menos forte do que havia sido durante a manhã. Pensei no dia em que eu escutaria o nome dela no meio de tantos sobrenomes conhecidos, o nome da minha mãe entre os velhos da cidade. O relógio acumulava segundos. Insuportabilizava os dias. Era apenas uma questão de tempo. Mais cedo ou mais tarde toda a cidade seria noticiada na lista dos falecimentos. Era apenas uma questão de nunca mais. No dia em que ela escutaria o meu nome. O dia em que ela escutou o nome do meu pai. No dia em que escutamos o teu nome e tu já estava em nunca mais. Todos vão. Cedo ou tarde. Todos foram. Cedo ou tarde. Todos irão.

Outra vez o plano da partida voltou à mente, mas, naquela hora, a pena que eu senti por ela ficar sozinha foi maior do que a vontade de ser Bob Dylan. Os perigos da viagem tomaram uma proporção que eu ainda não havia considerado. Pela primeira vez eu poderia realmente nunca mais voltar. Pela primeira vez eu poderia perder tudo o que tinha. O abraço quente da minha mãe. Eu não teria para quem ligar no momento do perigo. Eu não teria a quem chamar. Eu estaria sozinho e, pela primeira vez, eu poderia contar apenas comigo. Pela primeira vez eu não teria casa. Eu não teria nome. Eu não seria ninguém que não fosse eu mesmo a partir daquele passo. E, se eu morresse, a minha morte seria a nossa. Ela nunca saberia cozinhar só para ela. Ela nunca suportaria arrumar a casa para ninguém. Ela nunca mais teria paz. Os cães a acordariam no meio da noite e os ruídos do passado seriam todos os trens voltando ao mesmo tempo para cruzar a cidade no meio da madrugada. O meu pai que foi enterrado há tão pouco tempo e eu planejando mais tristeza. Muito mais tristeza do que ela seria capaz de. Ela cozinhava sem saber quem eu poderia ser. Ela cozinhava tentando cicatrizar as próprias feridas, desconhecendo no que eu planejava me tornar. Ela tentava se preocupar apenas com o que fosse real. Talvez seja assim que os mais velhos enfrentam. Preocupando-se apenas com os problemas possíveis de serem resolvidos. A reforma da casa. O curso das novelas. Os bordados. A limpeza dos panos de prato. Talvez seja assim que o tempo passe. Me pedindo para ajudar. Me abraçando menos. Me esperando cansada. Ela perguntou por que eu havia demorado tanto para voltar da escola e a irritação era de quem conhecia. Eu estava errado. Eu era culpado por me permitir.

Corri até o quarto para ver se havia alguma nova mensagem de "E.F." falando sobre o show. Enquanto atravessava o corredor, ela me chamou para voltar à cozinha e colocar a mesa para o nosso almoço. Liguei o computador e, enquanto esperava, ela aparecia mais irritada e a sua voz mais perto a cada passo na direção das minhas costas. O meu computador sempre fica lento quando eu mais preciso dele. Comecei a bater o mouse com força contra a mesa. "Estraga. Não é tu quem paga nada nessa casa mesmo". Foi como acordar. Ela riu e me abraçou sem eu perceber. Suas mãos vieram até os meus cabelos e eu empurrei seus dedos para longe. Eu nunca entenderia o que se passava entre nós, mas dentro de mim eu gostei dela. Nós sorríamos dentro do retrato no outro lado da parede e talvez mapeássemos os territórios redesenhando a geografia que restou da nossa família. Depois o sino tocou e mais um instante virou parte daquele passado em comum. Às vezes eu penso no que ela deve ter sido quando teve a minha idade. No que ela quis ser. E eu sempre penso que ela sofreu mais do que eu. Que ela sofreu de verdade. "Termina logo e vem. É ruim comer sozinha". E fechou a porta com cuidado para não fazer barulho. Quando ela é a melhor mãe do mundo, eu sou o pior filho do mundo.

Não havia nenhuma resposta de "E.F.", nem de ninguém. Minha mãe esperava por mim. Eles eram os meus amigos e nenhum deles me dava resposta, pista, indício de que poderia ser. Eles não dividiam. O mundo deles não era o meu. Eles poderiam me dar todas as respostas, mas minha caixa postal continuava vazia. Enviei mais uma mensagem dizendo que eu realmente precisava de ajuda para poder ir embora.

Fui para a cozinha e tentei almoçar, mas a minha barriga estava nervosa e eu não conseguia engolir e nem prestar atenção nas coisas que minha mãe falava. Esperei ela terminar o prato e voltei correndo. Ninguém conectado. Imaginei que eles deviam estar pensando que eu queria ficar hospedado na casa deles, e por isso sumiram. Então mandei um outro e-mail repetindo que eu queria muito ir e menti que eu já tinha um lugar onde ficar. Li os recados deixados para "E.F." na sua página e outras pessoas também queriam saber detalhes sobre o show. Fiquei com ciúmes porque eu não era o único. Eu nunca seria. Menos para a minha mãe. Para ela, sempre. Menos para essa cidade. Talvez fosse errado partir. Talvez partir fosse o mesmo que me tornar apenas mais um. Depois entrei no site desses garotos para ver se "E.F." havia respondido algo para eles. Caminhei à procura de notícias sobre o show secreto, mas não havia nada que confirmasse se Dylan realmente estaria lá. Não havia nenhuma pista sobre o local. Nem sobre datas. Nem sobre nada. Se a ideia dele era fazer shows pequenos e sem nenhuma divulgação, seria óbvio que ninguém ficasse sabendo. Talvez se fosse descoberto ele desistiria de cantar. Pesquisei sobre as distâncias que eu teria de percorrer, e tudo foi me deixando assustado e confuso e foi como seu eu estivesse entrando em uma fase diferente do jogo. Como se a viagem já tivesse começado antes mesmo que eu pudesse decidir. Eu precisava falar com o Diego. Eu precisava ouvir a voz dele dizendo se aquilo seria possível. Eu precisava de qualquer coisa que fosse real. O canto do monitor piscou e foi mágica "E.F." se conectar durante o dia.

MR. TAMBOURINE MAN
Te procurei tanto...
E.F.
Estou aqui.
MR. TAMBOURINE MAN
É mesmo real o lance do Dylan tocar aí?
E.F.
Pode não ser real. Mas é verdade.

MR. TAMBOURINE MAN

Se eu for, tu espera por mim?

E.F.

Don't think twice.

MR. TAMBOURINE MAN

Tô muito nervoso cara.

E.F.

Don't think twice.

MR. TAMBOURINE MAN

É sério. Eu to pensando mesmo em ir.

E.F.

Don't think twice.

MR. TAMBOURINE MAN

Será que é muita loucura?

E.F.

Don't think twice.

MR. TAMBOURINE MAN

É fácil ficar aí?

E.F.

I'll give you shelter from the storm...

(E.F. está *off line*)

Olhava para a claridade cegando os meus olhos dentro da tela sem saber de qual janela eu deveria me jogar. Os meus olhos estavam confusos. O coração ainda batia. Eu não estava mais. Eu não estava mais onde, um dia, estive.

O ronco da motocicleta de algum lugar dentro de mim voltou. E ele voltou também. E com ele veio a vergonha ao abrir os olhos e ver que tu não estava mais. Quando abro os meus olhos, eu continuo aqui. Meus dentes tortos. O sorriso que eu não. Meus dias.

Meus dias que deveriam vir. O meu rosto trancado dentro dessas fotografias. As cicatrizes expostas no computador. No site. No diálogo com o desconhecido. Na mensagem que chega para contar a novidade sobre os lugares onde não. Onde nunca. Como aceitar ao reconhecer o inimigo, arrastei a seta sobre o terreno e avancei sinais compreendendo o que não entendia. Entrei na tela sem ser convidado.

http://www.youtube.com/JJingleJangle
Dentro do computador vocês.

http://www.youtube.com/watch?v=PmJS2LYZdfE
De vez em quando a câmera iluminava um.

http://www.youtube.com/watch?v=zVCa2j-fiHc
Falavam uma língua que eu não.

http://www.youtube.com/watch?v=M7QTfT-8Vvw

Arrastei o mouse e fechei a janela. O quarto ficou em silêncio.

Do outro lado da parede os pássaros cantavam e o sol já havia saído debaixo das nuvens carregadas da chuva que não caiu. A cidade dentro da tarde. O mundo correndo. Do outro lado da janela fechada Julian corria atrás de ti. Tu te perdia no próprio. Os dois. Os dois juntos vivendo uma vida que ninguém. Nem eu até então. Na tela do computador a janela de Julian ficava um pouco mais perigosa a cada nova visualização. O meu Histórico acumulava vestígios que seriam usados contra mim. Favorite-me, só não entregue tudo o que contei. Delete-me, só não esqueça de apontar uma saída. Como perder os instintos antes de atravessar? Meus dedos desceram até mim e, estimulado pela vida que eu acabava de descobrir, uma alegria estranha fez parte do meu corpo.

Entrei na minha página e minhas fotografias não eram. Por mais que reconhecesse meu olhar dentro delas, ele se perdia fugindo do meu controle. Todas as fotografias revelavam o que eu acreditava não ser. Me perdia nos traços do meu rosto procurando. A verdade que eu ainda não conhecia para poder. Do outro lado da parede ela ainda lavava os pratos. Meu coração doía sem saber onde estava. Do outro lado da rua a cidade vazia esperava a tarde. Os gritos das crianças represando o perigo e as bolas correndo cada vez mais para perto dos carros. Arrastei o mouse sobre cada fotografia e deletei o meu olhar de dentro do monitor, apagando o que nunca fui. Por fim, o meu nome brilhava sozinho na página vazia e talvez ele fosse o bastante para me suportar. É preciso espera para entender. É preciso calma para encontrar. Eu nunca mais mostraria as minhas assimetrias para. Nem para mim.

Um dia eu fui comprar um tênis e o Diego foi comigo e a gente ficou sentado na frente de um espelho bem grande esperando a atendente voltar. O Diego começou a gargalhar sem motivo nenhum e ele não conseguia parar e quanto mais eu perguntava por que ele estava rindo daquele jeito, mais ele ria olhando para mim e mais eu ficava irritado. Toda vez que ele tentava explicar, olhava para a minha cara no espelho e gargalhava. "Tu tem a cara muito torta. Mas muito torta mesmo. Eu nunca tinha reparado. Assim, olhando pelo espelho, fica muito nítido o quanto tu é torto". O rosto dele era tão reto e tão bonito e ele era tudo o que eu seria feliz se pudesse ser. Ele continuou rindo e eu experimentei todos os tênis que a vendedora trouxe, mas não levei nenhum porque as pessoas feias ficam ainda mais tristes quando querem parecer o que nunca serão.

Ela me arrumava para a escola e me pegava nos braços dizendo que eu era o príncipe mais lindo do mundo. Era mentira. Mães não deviam. Tudo o que ela queria que eu fosse era tudo o que nunca seria.

O Diego piscou no canto da tela um pouco antes de eu querer desconectar. Me chamou para ir à ponte. E eu disse que sim.

Ela
não gosta
quando eu fico na ponte de ferro. Ninguém gosta de ficar na ponte de ferro e ninguém gosta que os mais novos passem por lá. Eles têm medo que algum de nós caia e não volte nunca mais. Ela fala em ti, que caiu, e em todos os que já caíram de lá, e para ela é simples entender como as pessoas caem. Para ela, elas caem. Se não existisse vontade, medo, desânimo, tudo junto. Se fossem quedas. Se as partidas fossem acidentais. Seria, para ela, ainda assim, sempre a hora errada.

A última que caiu foi a mãe do Ândreo, meu colega de escola. Ele chegou em casa e encontrou o bilhete da mãe explicando que a cama estava arrumada, que havia comida pronta no fogão e uma porção de lasanhas congeladas no freezer, caso ele precisasse. E que tinha dinheiro sobre a geladeira. Ela escreveu que precisava falar com o pai dele e que demoraria para voltar. O Ândreo achou estranho. O pai já estava morto havia dois anos. Ele chamou a vizinha, que era amiga da mãe e ela disse que a tinha visto sair, não fazia muito tempo, e que havia ido na direção da ponte de ferro. Ele ficou preocupado e foi atrás dela. Quando chegou na ponte, viu que tudo estava deserto. Atravessou, olhando para o rio, e percebeu, na metade, um par de sapatos sobre a viga central. Era um sapato de mulher e era o sapato que a mãe usava para ir nas festas com o pai, na época em que ele era vivo e eles dançavam. Depois que ele morreu, ela nunca mais o usou. Só no velório. O par de sapatos estava na beira da ponte, na parte mais alta, bem no meio do rio onde todos caem. Era quase meio-dia e o cheiro de todos os almoços tomava conta da cidade. O Ândreo chamou o tio e, no final do dia, o resgate encontrou o corpo enroscado na rede de um pescador, perto de Colinas. Havia pedras dentro dos bolsos do casaco que ela vestia. Era um casaco do Ândreo, que ele usava pra acampar. Apesar das pedras, o corpo não afundou e o rio o levou até prender na rede. Talvez ela tenha colocado as pedras nos bolsos e tenha deixado os sapatos à vista, para que as pessoas logo percebessem que ela havia caído e não demorassem para resgatá-la. E não ficasse toda deformada para o velório. Quando morrem na água e demoram para ser encontrados, eles ficam muito inchados. A mãe do Ândreo estava sempre bem arrumada. Mas eu não sei se foi isso o que passou pela cabeça dela quando resolveu encher os bolsos do casaco com pedras. Sempre que estou na ponte de ferro, eu me lembro dessas histórias, das pessoas que morreram lá, e não consigo entender como elas tiveram coragem. Eu penso em ti, indo embora para sempre, na coragem que tu precisou para. Eu penso no Julian caindo do teu lado, nas coisas que sentiu quando se deu conta de que ele não. Colono filho da puta.

Eu queria ter uma câmera escondida no exato lugar onde as quedas ocorrem para ver como eles fazem. Eu queria ter os últimos instantes deles, tentar entender o que passa pelos olhos quando percebem que tudo acabou. De verdade. Para sempre. Tudo, menos a vida. O último momento. O final. Quando, pela primeira e última vez, não há mais o chão. Quando não existe mais volta. Quando a queda apenas começou. Eu queria descobrir se, nesse último respiro antes do salto, ele se arrepende. Eu queria saber se é falta ou excesso de lucidez.

Apaguei todas as músicas que não fossem Bob Dylan e saí de casa. O sol brilhava com força e as ruas não me assustavam mais. A tempestade havia ido para longe. No jardim da casa da minha avó, ela arrumava as plantas enquanto ele, sentado na varanda, escutava o rádio. De vez em quando, aumentava o volume. De vez em quando ela largava as flores e ia para perto dele para escutar o que o locutor falava. Mais uma morte para ser anunciada. Talvez fosse a minha. Fiquei olhando como eles atravessavam a tarde sem mais ninguém, sem nunca saber que eu estava lá, do outro lado da rua. Sem nunca saber que eu sempre estive lá, mesmo quando eles não me viam. Estar perto não é físico. Todas as despedidas que eles nunca. Ela olhou para mim e não me viu. Os olhos cansados nunca mais enxergariam o outro lado da rua. Acenei sem que eles notassem. Abracei sem que eles sentissem. Na porta da casa o meu avô escutava as mesmas músicas desde quando eu nasci. Desde quando eles eram jovens. Quando seus olhos alcançavam todas as distâncias que hoje eles não conseguem entender. Os nossos dias todos iguais e meu nome para sempre sujo sem que eles nunca compreendessem por que eu precisava ir embora. Eles nunca entenderiam se o amor deles não teria sido o bastante para me fazer ficar. Eles nunca entenderiam o que poderia existir do outro lado. Longe daquele jardim. O pote de balas sobre o armário da cozinha nunca mais esconderia segredos. Olhei pela última vez e o chão florescia a tarde de inverno sem sequer suspeitar do túmulo de quem aquelas flores iriam enfeitar. Coloquei o fone de volta nos ouvidos e todas as partidas voltaram a fazer sentido. Todas as terras desconhecidas brilhavam longe de mim em todos os lugares onde eu precisava. Meus passos me levavam na direção da ponte de ferro e o dia brilhava e a cidade acontecia sem que eu precisasse estar lá. Minha mãe cuidava da loja que era do meu pai e talvez ela esperasse eu crescer. Talvez ela também quisesse partir.

O Diego olhava para o rio, balançando os pés no imenso vazio entre a ponte e o Taquari. Fumava, o sol refletia dentro dos seus cabelos e talvez ele fosse o anjo guardando a porta da saída, a esfinge cuidando da última entrada ou o guardião da ponte esperando. A fumaça envolvia os seus cabelos loiros quando o vento desaparecia. Ele fumava devagar para ficar mais bonito. Seus olhos sorriam e ele não precisava descobrir para entender. Não seria necessário dizer adeus para ele entender que aquela seria a nossa última tarde juntos. O cheiro do baseado chegou até mim e o Diego me olhou com o seu sorriso abrindo o sol. Meu peito pegou fogo porque, pela última vez, eu não estaria mais sozinho.

Ficamos sentados no meio da ponte, no mesmo lugar onde a mãe do Ândreo tinha deixado os sapatos. No mesmo lugar onde tu e o Julian se. Nossos pulmões aproveitavam o tempo que não teríamos mais para ficar juntos. O relógio na torre da igreja arrastava as esperas e nos envelheciam sem que pudéssemos perceber. Os sinos. As mortes. O sol se escondendo atrás de alguma nuvem para suavizar a tarde e depois voltar com mais força. O vento de inverno soprando respostas.

Sobre a ponte, do lado do teu irmão, talvez eu fosse vocês. Tu, e todo o teu medo de abrir os olhos. O vento ficou mais forte no começo daquele dia quando Julian apontou o caminho sem saber que ele não. Arquitetando o tempo sem saber que o rio negaria o seu. Segurando forte na tua mão sem entender que todas as despedidas são solitárias. Segurando forte na tua mão sem entender que todas as vidas são solitárias. Olhando no fundo dos olhos de alguém que já partiu há tanto tempo, muito antes da queda, sem saber que todos os olhares são solitários. Talvez fossem minhas as mãos que tu pegaria. Talvez fossem meus os olhos que tu veria antes do salto. Meus pés balançavam sobre o vazio entre a ponte e o rio, e o vento que passava por eles foi o mesmo vento que soprou em ti. No último inverno que tu. As águas corriam pesadas esperando pela próxima. Sempre prontas para. As facas se escondendo sob. As portas todas abertas debaixo. As pontas esperando o início.

O Diego não falava nada e eu não precisava perguntar para entender o que ele queria me dizer. As tristezas sobre o que se torna impossível, sobre Bob Dylan cantando, sobre o tempo que eu perdi planejando a fuga que não haveria. O Diego me entregando as chaves da realidade sem que fosse preciso perguntar. As respostas que ele me entregava sem que eu. Eu não seria Bob Dylan. Eu nunca mais seria Bob Dylan. E, naquele momento, nós quase acreditamos que tudo estaria melhor assim. Nossos pés ainda balançavam sobre as águas escuras do rio e a sombra das nossas pernas corria devagar. Em algum lugar longe de mim eu ainda queria. Julian estava na cidade. Era sexta-feira e talvez fosse o seu último final de semana antes de partir outra vez. Talvez fosse o primeiro. Talvez ele me mostrasse. Anoitecia e ele me falaria sobre o mundo visível e o mundo invisível se encontrando para que as criaturas das sombras passeassem entre nós. Parei de olhar para o rio, para ver a colina desenhada sobre o entardecer. Talvez o corpo da mãe do Ândreo passasse por nós. Talvez tu sorrisse de dentro das águas e talvez eu caísse sem querer partir. Puxei as pernas para cima e o teu rosto, antes da queda, era o meu rosto sobre aquele pôr do sol. Eu sentia em mim todas as marcas da tua face. A tua boca se abrindo era o meu sorriso querendo surgir. Os teus olhos chorando eram as minhas vontades que um dia tu também sentiu. Eu nunca mais teria medo de que as almas invisíveis me puxassem para o rio. Talvez elas acariciassem os meus pés. Talvez elas fizessem cócegas atrás dos meus joelhos. Apertei as pernas contra o peito e, atrás da colina, o sol não estava mais lá, mas o céu, laranja, continuava apontando. A noite chegava devagar pelas nossas costas e não era preciso olhar para saber que ela já estava lá.

— Tem festa junina hoje.

— Tu vai?

— Todo o mundo vai.

— Tu vai?

— Nunca.

— Normal.

— O quê?

— Tu nunca ir.

— Até a minha mãe vai.

— A minha também.

— Ela só vai por causa dos meus avós.

— A minha só vai por causa do meu pai.

— Eu não vou.

— Normal. Tu nunca vai.

— Tu não vai?

— Eu vou se for pra comer a Carol.

— Come a Rubiane. Deve ser mais fácil.

— Eu não. Não achei meu pau no lixo.

— Sabe o que é mais foda? É que depois dali ó, não tem mais nada.

Voltamos para casa. A estrada já estava escura quando o sino tocou às cinco horas. O Diego dava voltas de bicicleta ao meu redor tentando me abraçar. Os postes se acenderam e ele derrapava perto de mim a poeira da terra entrando pelo nariz. Meus olhos ardiam. A claridade das lâmpadas ofuscava as sombras do mato à nossa volta. Fiquei encostado no muro de casa esperando ele me abraçar. A noite tinha cheiro de. Todas as casas despejavam fumaça e os alto-falantes da festa junina ecoavam pela rua deserta. O Diego desaparecendo dentro da poeira de bicicleta era o nosso filme antes do fim. Talvez aquela fosse a hora de chorar porque eu sabia que nunca mais nos veríamos. O desenho do seu corpo dentro da escuridão era para sempre nunca mais. Bem em cima do meu pé uma borboleta morria. Talvez um dia fosse demais. Talvez um dia não fosse o bastante.

Entrei em casa e fui direto para o meu quarto. "E.F." estava lá.

E.F.

I'm waiting for you.

MR. TAMBOURINE MAN

Não vou mais

E.F.

I'll give you shelter from the storm.

MR. TAMBOURINE MAN

Não tem como.

E.F.

Don't think twice. It's all right.

MR. TAMBOURINE MAN

Seria errado. Minha mãe... Ela sofre desde que o meu pai morreu. Não é a hora certa de fugir. Ela não suportaria tanta solidão.

E.F.

Teu pai morreu quando?

MR. TAMBOURINE MAN

Nem lembro direito... kkkkk.

E.F.

Come on. I'll give you shelter from the storm.

("E.F." desconecta)

http://www.youtube.com/watch?v=w3nn0qoEQH0

Deitei na cama e dormi sem pegar no sono. As horas avançando rápido demais. O mundo girando numa velocidade que eu ainda não. A tarde caía para o outro lado dos morros e novos pastos veriam o seu final. Outros garotos correriam o pôr do sol. Outros velhos chorariam de saudade vendo a plantação escurecer. Longe de mim, todos os sóis que partiram. Que partiriam sem eu. Que sangrariam sem que percebêssemos. Todas as noites que chegariam, depois iriam. Nós dois e todas as músicas que tu colocaria em mim se ainda estivesse. As paisagens se misturando à tela do computador que penetrava um terreno estranho sobre os meus olhos para que eu pudesse fugir.

http://www.youtube.com/watch?v=Ldl-gur3AR4

Meus olhos se fechavam tão devagar até sobrar apenas a última estrela no centro da escuridão, flutuando no teto vazio do meu quarto. Meu pai partindo sem me. Tu plantando um segredo dentro dos meus ouvidos e depois fugindo para nunca mais. Bob Dylan cantando entre nós dois para suavizar o barulho forte do motor que te levava para. O ronco desafiando os meus ouvidos e talvez todos estivessem. Todos os cães rosnando para meus pés. Todos os dentes rasgando calcanhares. Talvez eu já tivesse ido longe demais. A noite caiu sobre mim a exaustão do sol se pôr diante dos teus olhos em todas as voltas do mundo. A cidade soltava os primeiros fogos sobre a festa junina e cada explosão abria um pequeno buraco dentro da minha cabeça. Por cada furinho uma nova saída insinuava caminhos. Raios de luz desvendando o vazio. O pó flutuando lento. Na rua os cachorros corriam assustados. As crianças latiam nas calçadas. A ponte se abria sem que os pés pudessem escapar e é certo que todos os que caíram, caíram sem querer. Os perigos são sempre maiores para os desavisados. As tábuas desaparecem, o grito sufoca na hora, o céu se afasta e, sim, é o vento o primeiro a cegar os ouvidos para o mundo real. Se a nossa alma fosse ferida, ninguém perceberia as cicatrizes. Nem tu. Nem eu. Nós dois perdidos de si, um por dentro do outro, sem saber aonde. O teu disco do Bob Dylan girando dentro de mim. O teu último segredo significando o que eu nunca poderia. A queda do teu corpo. Os segredos submersos na parte mais profunda do Taquari. A casa queimando devagar e o meu quarto esquentando até que fios de água brotassem das suas paredes. Nossa casa queimando e descendo pequenina sobre o rio que meu corpo fazia. Eu era uma lanterna solitária em uma noite de despedida. O rio nos afogando. Um trem cruzando a ponte sem que nunca pudéssemos. O sino batendo forte as horas que eu não contaria. O primeiro rojão. Os gritos dos pequenos. Em algum lugar dentro de mim os meus avós trocavam de roupa para dançar à noite. No quarto do Diego, todas as webcams decifrando o que ele nunca seria capaz de entender. No quarto ao lado, todos os remorsos dentro dos cabelos da minha mãe. Todos os que ela arrancaria quando eu fosse embora. Tudo o que ela me seguiria se assim fosse preciso. O mais fácil nem sempre é o menos complicado. Os meus únicos amigos, todos aprisionados dentro do. Do outro lado da vida alguém sempre espera por nós. *Hey! Mr. Tambourine Man, play a song for me*. No final da estrada as placas perderão o sentido. *Hey! Mr. Tambourine Man, play a song for me.* Do outro lado da ponte a minha casa continuará queimando para sempre, não importa o quanto chova: *Geheimnis*. Fogos explodiam no céu e o meu único corpo flutuava sob a última estrela grudada no teto.

O barulho das louças na pia da cozinha era o jeito que ela encontrava para me chamar de volta para o mundo real. Para a noite daquela sexta-feira em que eu iria embora. Para a festa junina explodindo cores no céu. Na cozinha ela olhava para a espuma escorrer pelo ralo sem entender o que estaria acontecendo. Sem saber o que poderia nos acontecer. As costas cansadas contra todas as louças sujas. O cigarro soltando fumaça entre os dedos. Os cabelos a cada hora menos fios. Quando me viu, quis saber se eu estava bem e perguntou se eu iria na festa junto com ela. Novos fogos explodiam sobre o salão paroquial do outro lado da janela, eu não precisava ver. "Tem comida no fogão. Feijão e arroz". Eu queria que ela pensasse que tudo estava bem comigo. Eu precisava que não se levantassem suspeitas. Julian estava na cidade. Dylan cantaria em um lugar longe dentro de muito pouco tempo e eu queria saber se ela apoiaria a minha viagem, se ela entenderia o meu desejo, se ela me abraçaria antes de eu ir embora. Eu só precisava de uma despedida.

— eu tava pensando em trocar a capa do sofá da sala. Tô enjoada daquele bege.

— tudo aqui é bege.

— é. Eu queria deixar a casa mais moderna.

— bem que tu faz.

— eu quero que a casa fique mais moderna, mas sem deixar de ser a minha casa. Senão quando tu for trazer os teus filhos aqui, eles nem vão entender que essa é a casa onde tu cresceu. Eu quero que, depois que tu ficar velho, tu ainda lembre que aqui é a tua casa.

Sempre vai ser. Quando tu voltar aqui eu quero que tu te lembre do teu tempo.

— o meu tempo é agora.

— hoje, sim. Mas daqui a alguns anos tu vai entender que o teu tempo ficou aqui, nessa casa.

— tomara que não.

Ela tragou mais uma vez o cigarro. Depois afundou na água suja e jogou a ponta no lixo sobre a pia. Seu rosto ficou envolto em fumaça.

— o túmulo do teu pai tá pronto e tu nem quer ir ver.

— o velho ainda nem apodreceu e eu já tenho que ir lá encher o saco do coitado?

Seus olhos vieram até mim e talvez eles tenham se enchido de água. Eu tentei rir, mas a minha cara queimava e o calor subia pelas minhas pernas desaguando novos rios sob os meus braços. E eu a abracei com toda a força, mas ela não conseguia perceber. Seus passos a arrancaram e ela voou para cair sobre a cama do seu quarto. Meus lábios repetiam para mim mesmo que eu ficaria naquela casa para sempre e que ela nunca mais estaria sozinha. Minhas mãos lavaram toda a louça que havia sobrado e a espuma do arrependimento congelou a ponta dos meus dedos até que eles desaparecessem na água gelada daquela noite de junho. Eu só precisaria que ela entendesse que estar longe, assim como estar perto, não é físico e que as nossas distâncias nunca seriam medidas com exatidão.

Na frente de casa a rua continuava deserta. Tive vontade de fumar para poder ir para longe sem precisar partir. De vez em quando algum carro surgia na neblina e depois desaparecia em direção à igreja. As crianças no banco de trás guardavam todos os medos que eu não sentia mais. A festa junina explodia e os meus olhos tentavam não se hipnotizar pelo mistério daqueles fogos de artifício iluminando o céu. O meu peito sentia pela última vez o calor da grande fogueira, mas as suas chamas nunca mais derreteriam o gelo encravado dentro dele. A vida toda se reunia lentamente do outro lado do rio e Bob Dylan talvez estivesse entre eles, sem que nunca fosse. Aqui ele não seria. Os sinos tocavam me chamando para voltar, e eu rezei pedindo que as minhas vontades fossem menos fortes e que os meus passos soubessem o caminho. Tentei pedir para ir embora sem que houvesse sofrimento, mas todos os santos estavam surdos. Eu não tinha mais um deus a quem chamar. Meu pai estava morto e ninguém era culpado. Nem ele. Tentei rezar para que os nossos olhos não se encontrassem pela última vez, mas esqueci no meio. Se ela pudesse viver uma outra vida, se encontrasse algum outro homem, se tentasse um outro filho. Talvez o seu tempo já seja passado e só agora ela tenha percebido que nada vai voltar e que nada vai acontecer. Que os seus erros nunca mais serão corrigidos. Que o meu nome está sujo para sempre e nem toda a água de todos os rios do mundo será suficiente para que eu fique limpo outra vez. A realidade é sempre mais pesada quando descoberta tarde demais.

Eu tinha certeza de que, longe dali, alguém vivia a minha vida. Talvez a minha vida me esperasse em algum lugar onde não havia mais como chegar. Talvez Bob Dylan cantasse para sempre sem que eu nunca conseguisse. Os tempos verbais se confundiam e eu não sabia qual parte da minha própria história eu estava vivendo naquele momento.

Todos os sábados para as noites que não existiram. Todas as noites para as festas que não aconteceram. Que nunca acontecerão. Todas as músicas para corpos que não dançam. Que nunca dançariam. Todos os olhares para vistas que não respondem. Que nunca responderão.

Na
pracinha
ao lado da escola os brinquedos estavam

parados. Todos os domingos antes do almoço eram o meu pai me empurrando com força para o balanço voar as minhas pernas cada vez mais alto, para longe do chão. O balanço era o voo controlado, a partida sempre contendo a volta, por isso o fascínio dos pais ensaiando despedidas a tarde inteira. As pedras pontiagudas correndo todas as velocidades e os meus joelhos prontos para serem sangrados assim que a queda deixasse de ser medo para se tornar acontecimento. A iminência do salto e os gritos pedindo cada vez mais. A risada do meu pai. Seus braços fortes empurrando minhas costas. Ele, esperando a minha volta, para depois me empurrar para longe, outra vez. Ainda mais longe. As minhas mãos agarrando as correntes. As dobras dos dedos acumulando lembranças que a ferrugem consegue conter.

Atravessei a praça. Os balanços parados, imóveis dentro da neblina, eram todos os passados prestes à acontecer. O sino chovia dentro de mim. As horas avançavam a noite que ainda começava. Na casa de Julian agora existia um ele dentro dela. Um ele cada vez mais perto. Mais perto do que eu poderia imaginar. Mais perto do que eu poderia suportar. É tudo uma questão de conseguir se entregar. À força do balanço. À motocicleta empurrando minhas costas no meio da tempestade depois da escola. Seria fácil se a cidade guardasse espaço para os que ousaram voltar. Seria fácil se a cidade guardasse os segredos. Seria fácil se os de longe não existissem. É preciso todo o cuidado na terra dos que não esquecem. Dos que tudo veem. As ruas, por mais escuras que fossem, eram olhos abertos por detrás de cada janela, nunca fechadas o bastante para que pudéssemos ficar sozinhos. Os cães farejando perigos, não importa quão silenciosos tenham sido os nossos passos. Os cães acordando seus donos para contar os nossos passos avançando a madrugada. Ninguém nunca teve nada que ver com isso e, no entanto, tinham. Nossos pés suportando os próprios limites. Nossos olhos guardando os próprios segredos. Todos ainda eram vivos. Todos. Menos eu. Menos eu e tu. Menos eu, tu e ele.

Na esquina da casa de Julian os meus passos pararam.

Encostei contra o muro da casa dos meus avós, pensando. Pensando em. Pensando em como.

Dentro da casa, as luzes apagadas eram eles agora dançando a festa da cidade nas músicas que nunca mais tocariam. Que nunca mais tocaram. Que nunca mais tocarão. O pinheiro cobrindo a janela do quarto balançava devagar, e o barulho do vento sacudindo os espinhos eram nossos dezembros à espera da primeira noite de luzes coloridas se acendendo entre os galhos exalando o cheiro de um Natal. A lâmpada lilás. A única lâmpada lilás do jogo de luzes escondida entre os espinhos. Na primeira noite eu procurei por ela no meio de todas as outras. Eu sempre encontrei. Até o ano em que não. Todo aquele dezembro procurando sem perguntar onde ela estava. As descobertas são solitárias. Sempre foram. Sempre serão. Na noite do Natal eu ainda não havia encontrado e, dando-me por vencido, perguntei ao meu pai se ele sabia onde ela estava.

— queimou. Trocamos por uma vermelha. Fica mais bonito.

— mas, se alguma queimar, tu vai colocar uma lilás de novo?

— não.

— por que não?

— porque não combina com o resto.

Minhas costas contra o muro da casa dos meus avós não sabiam o quê. Talvez eu devesse. Talvez eu devesse estar na festa junina. Talvez eu devesse dançar com minha mãe para ela não se sentir tão. A rua deserta estava silenciosa. Ao longe uma televisão tingia a cortina da casa conforme as cenas passavam na tela. Tudo o que passou. As luzes, os Natais, o meu pai. Tu. Olhar para mim mesmo com os olhos que foram dele. De vez em quando os que partiram me emprestam os seus para me reconhecer. Algo tocou os meus cabelos e todos os dedos da minha mãe procuraram a pele escondida por baixo deles. Coloquei a mão, e a folha seca de uma árvore continha a primeira queda de um outono que já. Amassei devagar e meus pés caminharam. Calculei cada passo para que o próximo existisse. A folha seca se esfarelando entre dedos.

Passei em frente à casa do Ândreo sem olhar para a janela. A mãe dele, morta, continuava observando a rua deserta, escondida entre a vidraça e a cortina, exposta como se em uma vitrine. Cuidando do filho. Cuidando do jardim. O vento forte soprou na direção do rio e os galhos do pinheiro ficaram bravos. Os espinhos se afiaram com o orvalho da noite que começava. O sino da igreja choveu forte para que eu esquecesse de contar o tempo. Na calçada, em frente à casa do Julian, uma sombra escorregou pelo jardim na minha direção. Era o grande cão preto da noite anterior. O grande cão preto que se jogou da ponte na noite em que Julian voltou à cidade. Meus passos correram e eu voltei à praça. A rua continuava deserta e todos os cachorros do mundo latiram ao mesmo tempo.

Entrei no banheiro. Era o mesmo banheiro de sempre, mas era uma outra cidade, era um outro tempo, um outro tempo que não era mais aquele. Crescer é reaprender a dimensão dos espaços. É ficar grande demais quando de volta a um lugar estado em criança.

O banheiro, como tudo o que compõe o passado, era, na realidade daquela noite, muito menor do que eu lembrava. Entrei no primeiro reservado e tranquei a fechadura. Atrás da porta, quase sem notar, um coração pequeno desenhado de caneta azul escondia duas iniciais dentro dele.

Peguei a caixa de fósforos no bolso da jaqueta. O que havia sobrado da noite anterior guardado dentro dela. Risquei um palito e os meus cílios queimaram junto com um pedaço da franja. Depois tentei outra vez e meus dedos arderam até pegar fogo. A brasa dançava sozinha no pequeno reservado. A claridade dos postes entrava pela janela desenhando um quadrado de luz atrás da porta. A fumaça contornava os limites da sombra e o vento, a cada tragada, um pouco mais calmo. Meus pés relaxaram. A parede de azulejos ficou ainda mais fria. O chão ainda mais perto. Do lado de fora, o barulho dos passos se aproximando era um longe. Indo e vindo. Indo e vindo. Indo e vindo. Coisa das primeiras viagens. Joguei a brasa no chão e puxei os joelhos para perto do peito. O cheiro ainda era forte, mas a fumaça não estava mais lá. Meu crime seria suspeito, nunca cometido. A janela aberta aproximava o barulho dos pés pisando contra as britas no chão, e toda a cidade saberia quem eu era a partir das coisas que eu fazia. Alguém entrou no banheiro e foi para o reservado ao lado do meu. Meu pai empurrou minhas costas e o balanço subiu muito mais alto do que eu aguentaria. Talvez eu não voltasse para os seus braços. Nunca mais. Ainda era difícil acreditar que ele não era mais um vivo. Começava a ser impossível não duvidar de que eu mesmo estava morto. Um outro corpo entrou no mesmo banheiro onde já havia alguém, e dentro de mim o vento era tão forte que os olhos quase não. As vozes eram uma língua que eu nunca. Falavam o incompreensível.

How does it feel?

Às vezes uma névoa.

Depois os dois corpos se bateram respirando forte como se lhes faltasse. Como se o corpo doesse. Talvez tenha sido. Talvez apenas a névoa, um pouco mais, do outro lado. Meu pau crescia. Segurava os joelhos contra o peito e o pequeno coração apertava com raiva a tinta azul das duas letras batendo atrás da porta. Eu queria que eles não terminassem. Nem que tivessem começado. Eu queria estar perto do Diego para tudo continuar igual ao que sempre foi: nós dois na frente do postinho. O barulho ficou mais forte e um deles apoiou a mão na parede para o mundo inteiro saber das coisas que eu não sabia. Depois terminaram. A água da torneira caiu na pia para lavar as mãos sujas de homem. A calça jeans raspou contra a pele para esconder o cu sujo de homem. Respirei sem fazer barulho. A luz se acendeu e depois apagou outra vez. Depois acendeu. Apagou. Acendeu. Apagou. Apagou. Apagou. Eles foram embora. Eu fiquei. Alguém inventou que existia amor e eu havia acreditado.

Saí do reservado e o meu rosto partido ao meio dentro do espelho estava colado outra vez por um menino sem muita habilidade. *Badly drawn boy* — você ainda se lembra dele? O meu olhar ainda mais torto do que já era. Abri a torneira e coloquei a mão debaixo da água fria. Do outro lado da parede o coração desenhado à caneta normalizava os seus batimentos. Meu pai olhava para mim por trás do meu ombro através do espelho. Fechei a torneira e o barulho da descarga arrastava os meus suores para um chão que não estava mais lá. Talvez eu fosse um deles. Eu era um deles, mas ainda não sabia. Na porta os olhos viraram para que eu visse a sombra escorrer na direção do espelho quebrado atrás de mim.

De volta ao lado de fora, o mundo não estava mais lá, mas os fogos queimavam o céu para dizer que eu devia partir logo, mesmo sem entender a direção. Meus olhos agora eram de fumaça e a fumaça nos meus olhos embaçava como a neblina quando cobre tudo em volta. O playground ainda estava lá, mas eu não conseguia mais. Os brinquedos eram a representação de um passado que eu não era mais. Mesmo sem sair do lugar, eu já havia. Julian sorria olhando para mim sem que eu soubesse que ele já estava lá.

Meu
corpo
girava sobre a roda e era só por ele que eu ainda tentava me agarrar à realidade. Era só por ele que eu não caía. Meu corpo um ano mais velho a cada volta do gira-gira. Meus dedos um ano mais fracos a cada fim. Os círculos fechando idades. Avançando o limite de uma vida. Para ficar sozinho é preciso abrir os olhos, segurar firme no que nos manterá desperto e suportá-los bem abertos dentro de todos os estragos que o tempo faz. Que o tempo fez. Que o tempo fará. A roda adquiria tonturas e talvez eu tenha caído. Talvez tu não tenha notado, mas Julian já estava lá.

O sino marcava, a cada meia hora, uma meia hora a menos. A roda perdia velocidade e a vida ficou meia hora mais perto do fim. Nas costas as dores se insinuaram. Os cabelos bagunçados envelheceram as últimas voltas antes da roda parar. Pronta para que eu. Os olhos perdendo o foco. As mãos acumulando rugas. Os dentes escurecendo de velhos. O cansaço. Os pés, cada vez maiores, mais longe de mim, arrastando o chão. A cabeça girando pesada. A roda parou de girar e eu nunca saberei quantos anos envelheci naquela noite.

Olhava para meus pés: para onde eles queriam ser levados?

Os foguetes explodiam e as portas talvez se abrissem e talvez tu fosse um Bob Dylan me esperando no palco para me *Geheimnis*. Sobre a cidade a festa sorria minha mãe, meus avós, os professores da escola e todos os colegas juntos. Os tios desequilibrando copos. Todas as danças festejando a morte. Todas as mortes da cidade dentro do salão paroquial. Todas as músicas desafinando germanismos que eles não podem esquecer. Os fogos coloridos sobre a cidade gelada. O latido das crianças cada vez mais enlouquecidas a cada nova explosão no céu.

Julian continuava me olhando.

Julian continuava encostado contra a motocicleta olhando para mim.

Fumava tão devagar, certo de que o menor movimento dos seus dedos revelaria a sua presença. A bebida que ele tinha na mão queimava a garganta a cada gole, mas ele fingia não sentir. A tranquilidade é dos que esperam. A certeza é de que choverá. Ele sorria para o tempo dentro de mim, fascinado com um passado que eu ainda não sabia carregar. A imperfeição de um corpo velho sobre o jeito da criança era eu naquela noite. Naquela noite eu ainda não sabia que, um dia, eu seria ele olhando para mim. A festa explodia, mas, ainda assim, ficava cada vez mais distante. A cidade se descolava de nós dois sem que pudéssemos fazer nada. Sem que quiséssemos. A neblina tomava conta dos últimos espaços e as horas evaporavam no ar quente que saía de nós. Os grilos gritaram todos ao mesmo tempo, quase cegando nossos ouvidos, e um morcego atravessou o vento sobre a minha cabeça cortando o frio com as asas. Os cães estavam atentos do outro lado das grades, esperando a próxima. De tempos em tempos os quero-queros acordavam para lembrar-nos de que protegiam o ninho. Depois voltavam a dormir. Um mosquito descia por dentro da minha garganta e eu podia sentir suas patinhas agarrando as mucosas. Julian me observava sem saber que eu sabia. As letras enferrujavam a paisagem sobre a placa: "O uso dos brinquedos é proibido para menores de doze anos". Ele sorria e pouco a pouco os desejos se equalizaram em um foco comum. A roda havia feito voltas demais para dentro de mim e talvez a hora de partir já tivesse passado. Talvez meu tempo tenha mesmo acabado e eu ficaria velho e gordo vendendo material de construção atrás do balcão da loja que agora era da minha mãe. Meus cabelos passavam a grisalhos. Meu abdome adquiria gorduras que nunca mais sairiam. O vento cortando a noite era o frio que duraria para sempre. Tu sorrindo para mim, dentro do monitor, era eu sabendo de tudo sem precisar viver. Estar perto não é físico. Nunca foi. Nunca será.

Virei o pescoço e ele estava lá, olhando para mim, e dentro daqueles olhos brilhavam vestígios de todas as cidades que eu não conhecia. Os quartos de hospital latejavam seus lábios. As agulhas marcavam sua pele escondida sob grossas camadas de lã. As ressurreições eram reais apenas no campo físico. Dentro dele tudo estava morto. Os grilos voltaram a fazer silêncio para não perturbar o doente. A lâmpada do poste escureceu para nos esconder dos outros. As estradas esperavam ansiosas por nós.

Julian levantou o braço e a garrafa em sua mão me chamou para perto dele. Depois baixou a testa e seus olhos eram duas setas atravessando o meu peito. Os foguetes explodiram forte, mas não estavam mais sobre nós. O sino bateu, mas não ouvimos. Os grilos morreram de frio, mas não sentimos pena. Os sapos dormiam debaixo da terra. Os cães cansaram de. Os carros desertificando as poucas ruas que compunham a cidade. Meus pés afundaram nas britas afiadas da pracinha que ainda girava ecoando a roda onde envelheci.

Cheguei perto dele. Ele esperou eu chegar para soltar a garrafa nas minhas mãos. Esperou eu terminar o primeiro gole para mais um entre os nossos dedos. A garganta queimou. Meus olhos arderam, mas ele não podia desconfiar que era minha a primeira vez. Eu não podia mais ser do jeito que estava. Quando tirou a garrafa, Bob Dylan estava muito mais perto do que eu queria. Do outro lado daqueles olhos olhando para mim, depois para o chão, depois para as mãos cansadas de hospital, algum eu que eu nunca havia sido controlava os movimentos que meu corpo quase não. Um outro eu sorria lábios que eu não. O olhar de Julian cortava o ar entre nós, brilhando letras de canções que eu nunca. Todas as janelas da cidade se abriram para nos ver sozinhos, perdidos na solidão daquela noite de inverno, a primeira noite de inverno em que estivemos. O manto quente e confortável do esquecimento nos afastava do mundo para que desaparecêssemos dentro da neblina e confundíssemos as nossas formas sem nos importar com o que viríamos a ser. O mundo fechava as suas portas e tudo bem.

Os passos que dançavam a festa junina ainda não sabiam a coreografia exata que um pé depois do outro formaria quando a música terminasse. Talvez nunca soubessem. Do outro lado da escuridão havia um lugar, mas eu ainda não sabia. Minha mãe dançava sem entender que o seu adeus eram os nossos passos se desencontrando. Os seus passos sempre à minha espera na beira do abismo, os seus braços sempre atentos cuidando para eu não cair, os seus dedos rezando para que os meus cabelos nunca perdessem os caracóis, para que eu sempre fosse o seu príncipe, nada mais tinha importância. Minha mãe desaparecia do meu pensamento sem que eu sentisse falta dela.

Julian subiu na motocicleta e o ronco acordou os cachorros das casas vazias. Os donos dançavam na festa e ninguém atenderia aqueles latidos. Apenas uma casa acendeu a janela para escurecer outra vez. Comemoramos, secretamente, nosso caminho rumo à invisibilidade. Olhou para o banco vazio atrás de si e depois sorriu olhando para mim convidando-me sem precisar falar. Perguntei o que havia dentro da garrafa para queimar os meus olhos daquele jeito e arrancar o frio da noite. Ele respondeu que a felicidade talvez esteja onde a gente menos espera. Escrevíamos sem precisar escrever. Quando a gente menos esperava, as palavras aconteciam. As nuvens embaçaram o rosto dele por trás dos meus olhos, mas eu ainda conseguia enxergar a distância que aquelas feridas percorreram para voltar ao lugar de onde não conseguiu partir. As deformidades acumulando clínicas. As alegrias dentro de cada comprimido. Nossos corpos balançavam a mesma música e talvez nós dois também dançássemos sobre a motocicleta que agora corria sobre a rua deixando a cidade para trás. O asfalto debaixo dos nossos pés, e tudo era tão depressa. A cidade perdia as casas, as árvores, as pedras. Um pouco mais de asfalto a cada ano. Os cachorros latiam e, antes que eles acordassem, já estávamos longe dos seus dentes. As nuvens carregadas de gelo pesavam sobre nós e talvez fôssemos destruídos antes mesmo de chegar às plantações no limite da área urbana. O ronco forte do motor esquentava as minhas pernas e o inverno era uma estação distante dos nossos corpos voando sobre a motocicleta. O vento gelado da noite acordava as lágrimas guardadas e eu chorava sem que ninguém notasse. Longe de mim mesmo eu chorava as distâncias que eu nunca teria vencido se ele não tivesse me levado. Por mais que corrêssemos, já estávamos longe. Por mais que sumíssemos em estradas desertas dentro da escuridão, nunca estaríamos longe o bastante. Nunca seria o suficiente para esquecer. Para que nos esquecessem. É preciso certeza para partir. É preciso não ter, para onde chegar.

Agora a estrada corria e, do outro lado das lágrimas, os milharais brotavam. Não era preciso sol para enxergar o verde correndo em nossos corpos. Eu e tu, em um passado que nunca tivemos. Eu e ele, em um futuro que não teríamos. A cidade ficando para trás. Os fogos explodindo sobre o mundo que não nos fez. Os sinos chovendo e nossos ouvidos nunca mais. As badaladas do tempo perdido. Os cachorros latiam, latiriam, mas nunca mais seria para mim. As estradas de terra acumulando distâncias impossíveis de contar. As pedras desequilibrando as rodas impossíveis de cair. A garrafa esquentando o peito. Nossas mãos trocando segredos entre goles compridos demais para quem ainda não sabia beber. O farol contando despedidas. O barulho sem fim do motor correndo para sempre dentro da minha cabeça. As músicas que nunca mais toca- riam. O vento gelado arrancando os cabelos. Esquecendo os dedos. Quebrando silêncios. A escuridão da estrada confortava os olhos. A motocicleta transformando em poeira tudo o que íamos deixando para trás. Nunca mais faria sol. Nunca mais seria verão. Nunca mais eu voltaria para casa. Julian passava a garrafa com a certeza dos que não precisam conhecer as distâncias para entender os caminhos. Sua mão controlando a motocicleta era a mão precisa dos que nasceram para correr. Meus olhos choravam sem doer e a garganta queimava devagar. É sempre possível aguentar um pouco mais. Seus cabelos tocavam no meu rosto e as suas costas impediam que o vento congelasse o meu peito. Talvez fosse minha mãe me aque- cendo no meio de uma noite fria. Meus dedos se fecharam e talvez fôssemos Bob Dylan acumulando as canções que não escutamos juntos. Que não escutaríamos. Talvez fossem um Bob Dylan todas as palavras que não foram ditas. Todas as frases que surgiram e partiram antes de chegar ao fim. Todas as perdas que sentimos antes que elas acontecessem. Todas as partidas que choramos antes de irmos embora. Nascer longe de mim. Em algum lugar do mundo um Bob Dylan cantava para quem não saberia ouvir. Em algum lugar do mundo todas as festas aconteceriam e quase ninguém cantaria sozinho em uma pista de dança. Os garotos se conheciam sem que histórias começassem. Em algum lugar do mundo os meninos e garagens sem que as bandas existissem. Sem que guitarras arrebentassem. Sem vozes para desafinar. Em algum lugar do mundo um menino conhecia *Desolation Row*, para nunca mais voltar. Em algum lugar do mundo o meu quarto perderia seu principal habitante: eu. A última estrela cairia sem que ela notasse. Choveria sem que ninguém percebesse. Em algum lugar do mundo éramos nós dois. Seríamos. Olhei para trás, e a cidade era uma pequena constelação perdida no fim da estrada. Julian diminuiu a velocidade até parar a motocicleta no meio de um campo deserto de pessoas.

Ele olhava para o chão. A garrafa esquentava o peito, abraçada nele. Depois mordia os. Aqueles lábios que não tiveram culpa de. Tu nunca seria. Tu foi embora antes. Eu devia falar alguma. Mas não.

As plantações ficavam mais nítidas à medida que os olhos se acostumaram à escuridão e conforme o vento levava as nuvens de gelo para longe, liberando a lua para iluminar. De vez em quando ela aparecia, e o milharal inteiro também. Até a estrada insinuando um fim. Dentro da escuridão. Uma nuvem de vaga-lumes passou sobre nossas cabeças até ser engolida pelas folhas secas do milho pronto para a colheita. Os cachorros não chegariam até lá porque lá não havia homens. As plantas expunham a fragilidade dos próprios troncos antes de todas as folhas brotarem numa velocidade que eu não. O milharal aumentava de espessura e a lua avançava sobre as tempestades que não caíram sobre. Que jamais. Os trilhos cruzando distâncias para. Até. Os trens que não nos salvariam do.

Há frio nas madrugadas de junho. O campo se abriu à nossa frente para a escuridão revelar ainda mais os seus. Sintonizei os teus olhos dentro dos nossos.

No outro lado do mundo, do lado oposto onde agora estou, onde sempre estive, minha mãe dançaria sozinha. Pela primeira vez. No fim da estrada minha mãe dançava com meu pai. Pela última vez.

Julian olhava para o infinito depois das plantações. A árvore sozinha no meio do campo escondia de nós o seu. Devorava as primeiras frutas. O rio estava longe e o eco das suas águas batendo contra os cascalhos chegava até nós, mas não havia risco de cair. Um quero-quero acordou a noite e nem todos os sinos do mundo me fariam chover as horas outra vez. Teus olhos enxergaram o. Descobriram outros. Adquiriam força para se. Os limites do mundo desenhavam nós dois contra a solidão da cidade que não estava mais lá. As luzes piscando, pequeninas, todas juntas, amontoados de pessoas distantes. Nossas silhuetas em primeiro plano contra a cidade esquecida. O começo do fim de um filme que eu ainda não sabia que um dia seria feito. Mais um foguete colorindo o céu. O guardinha olhando para cima. Minha avó tapando os ouvidos.

Ele olhou para mim quando o isqueiro acendeu os olhos atrás da chama azulada.

Um mosquito passou voando.

Bob Dylan escondido do outro lado da cerca de arame farpado. Enferrujando também.

As casas da cidade, ao longe, eram pequeninos relicários de lembranças. Guardavam um pouco do nosso passado em cada objeto dentro delas. Obituários de existências que se perderam por nunca terem existido. Aspirei a fumaça e meus pulmões eram duas mandíbulas famintas, como são os pulmões de todos os adolescentes antes do primeiro tombo. Todos os ruídos estourando alto-falantes dentro da festa da cidade que nunca mais seria nós. As palavras das pessoas abafadas pelo ruído ensurdecedor de um Taquari devorando vidas. Abrindo caminhos para dentro dele mesmo. Meus ouvidos doíam pois havíamos subido rápido demais. O ar era raro, cada vez mais rarefeito, cada vez mais impossível escutar o que não era dito entre nós. Os segredos de Julian se descobriam sem que os seus mistérios precisassem ser revelados. As pontas dos meus dedos queimaram e, pela primeira vez, fez cócegas no lugar de doer. Meus sentidos haviam sido trocados e nada correspondia ao que devia. A dor não doía. O frio não machucava. Pequenos dedos brotaram do chão, entre as pedras da estrada, crescendo tão depressa, cada noite mais espessas, e os dedos que nasciam da terra eram dedos de verdade, e agora começa a história que eu não pude inventar. Agora começam as coisas que eu, tanto tempo depois, ainda não sei contar:

Os milharais afiaram as suas folhas e os feijões cresceram velozes quebrando a terra. Ramificações avançavam sobre a estrada e corta-vam a pele afiada pelos orvalhos que a madrugada acumulou. Julian retirou a brasa da ponta dos meus dedos, ficou de joelhos quase ao meu lado e os seus lábios fumaram. Depois a pequena faísca desapareceu dentro das plantas. Atravessou galáxias. Envelheceu o tempo e aproximou os espaços. Depois a brasa sumiu, para sempre. Os milharais voltaram ao seu lugar. O campo de terra recolheu cada broto. As galinhas devolveram suas cabeças às asas. Tudo voltou a ser devagar. As folhas acariciaram nossos cabelos quando fez vento. As bocas beijaram a ponta dos nossos dedos quando trovejou do outro lado da montanha. As queimaduras ganharam salivas. Os poros absorveram calor. A pele explodiu sorrisos. As folhas do milharal se contorceram outra vez explodindo novos brotos numa profusão de pequenos verdes. A árvore amadureceu seus frutos cor de laranja, mas eles nunca deixariam os seus galhos. Nunca apodreceriam. Os caules cresciam cada vez mais novos à nossa frente e cada planta gerava o seu duplo. Estourava a terra. Afastava pedras para nascer com força mais uma vez. Nós dois e todas as plantações do mundo envolveram os cortes para germinar nossos corpos uma raiz que não precisava de terra para sobreviver. Chovia longe, em algum lugar dentro de mim onde nunca havia sido molhado. Germinávamo-nos. *Geheimnis*. Era assim que aconteceu.

Pingos da noite caíram sobre nós e os pulmões cansados respiravam devagar o ar úmido que voltava a existir. Nossas gargantas acumulavam tumores. Nossos olhos vermelhos continham. A vida perdia a graça à medida que nos aproximávamos dela. Conhecer alguém era o oposto da paixão. Envelhecer era o oposto de.

O mundo, visto de fora da neblina, era apenas o mundo. Julian, visto fora dos seus vídeos na internet, era apenas um homem. Nada existia do outro lado das nuvens de fumaça que saíam das nossas bocas. Crescer é inevitável. Para os bichos, para as plantas, para os homens. Para as crianças, para os grandes, para os velhos. A dor nunca vai parar enquanto permanecermos do lado de cá.

Todas as cidades seriam pequenas demais para mim, mas isso eu ainda não sabia. Todas as noites que eu não precisaria mais esperar por nada, quando nada mais aconteceria, esse era o meu sonho. O meu quarto que nunca mais teria, esse era o meu medo. Talvez a velhice se arraste por baixo da porta e penetre entre as frestas mais finas, isso era o que eu não queria ver acontecer com minha mãe. Os meus avós partindo em pouco tempo, isso era inevitável. Logo depois de mim. O tempo que quase não restava, que hoje resta ainda menos. Minha mãe fazendo as malas sem nunca encontrar a saída. Os mais novos que sempre chegam depois de nós. Os que ainda não conhecem o que nunca conheceremos. Os que nunca conhecerão o que nascemos sabendo. O atual sempre um futuro ex. Bob Dylan nasceria outra vez dentro de algum quarto vazio, mas o garoto nunca mais seria eu. Garotos chorariam ao pôr do sol, mas os olhares nunca mais seriam os nossos. De algum lugar do mundo os trens ainda partiriam sem que ninguém os esperasse chegar.

Julian voltou à motocicleta.

O ronco do motor acordou a estrada e os milharais voltaram à calma do seu lugar dentro daquela noite. O caminho voltou a correr acumulando pedras e todas eram grandes demais para que os nossos corpos não voassem para longe. A colina se aproximava e raios de tempestade brilhavam desenhando o seu contorno. Atrás da colina, o mundo chorava e talvez chover fosse pesado demais para o nosso destino. Nossos corpos sacudiam. Minhas mãos agarravam o banco da moto antes da queda. Nossas pernas e todas as forças para continuar firmes sobre ela, voando entre pastos. Potreiros. Casas sem vida e árvores abandonadas. Levantando a poeira nas partes onde ainda não havia chovido. Congelando as vistas. Nossos olhos se perdendo. O farol iluminando muito menos do que seria necessário. Ele desligou a luz e a sombra dos trovões sobre as plantações escondia com nitidez todos os perigos da estrada. As curvas menos previsíveis conforme avançávamos quilômetros e os precipícios adquirindo altura a cada distância vencida. Os trovões ainda mais perto, do outro lado da colina. A colina sobre nós dois, engolindo a moto. Mastigando a tempestade. Desenhando a noite. A neblina adquirindo espessura. Um ano mais velho a cada volta. Talvez os meus pés devessem seguir sozinhos. Talvez eu ainda os tivesse. Talvez eu nunca me perdesse. A motocicleta ganhava alturas e olhar para trás seria enxergar toda a cidade brilhando lá embaixo, ainda mais longe. Todas as cidades quando ficam para trás no meio da madrugada são espectros de vidas que poderiam ter sido a nossa. Julian chorava no espelho retrovisor porque sentia todo o frio batendo direto em seu rosto. Todos choram contra o vento. Diminuímos a velocidade quando a subida ficou ainda mais. Ele ligou o pisca alerta e a estrada era uma imensa nuvem vermelho-escura oscilando ao nosso redor.

Atingimos a planície e o que era serra ficou para trás. Para sempre. Do alto as estradas não teriam fim e os campos de terra seriam o nosso infinito. O farol piscando era a pequena lanterna descendo por algum rio que não era mais o Taquari. Julian desviou de um cachorro morto.

Se a planície avançasse por todos os quilômetros, eu percorreria todos eles até chegar aonde não existisse mais. Se a motocicleta ganhasse ainda mais velocidade, talvez os meus cabelos fossem embora com o vento e se perdessem para sempre no labirinto das plantações. Se os meus olhos se fechassem, nossos pulmões congelariam e aqueles dedos passeariam sozinhos pelo ar do lado de fora das nossas luvas. A estrada corria cada vez mais veloz sob nós dois e mais um cão estava morto no meio dela. Julian tentou desviar. As duas rodas ficaram no ar ao mesmo tempo e depois talvez a minha cabeça tenha batido com força contra os ossos atrás dos seus cabelos. Talvez um fio de sangue escorreu da minha testa. Talvez tudo fosse muito mais sério do que eu poderia imaginar. Longe, para onde eu nunca mais poderia voltar, minha mãe dançava antes que as explosões destruíssem a nossa festa. Minha mãe sorria e, pela primeira vez, não haveria mais nada que ela pudesse fazer. Os meus abismos estavam livres da sua presença. Nossos caminhos não nos impediriam de seguir em frente.

Segurei os braços em volta do corpo de Julian quando o terceiro cão surgiu ao longe, no meio da estrada. O farol estava aceso antes que Julian o desligasse pela última vez. O corpo deformado estendido sobre a terra. Bob Dylan cantando ao longe, do outro lado da planície, do outro lado das novas montanhas que surgiriam no horizonte. Sempre haverá uma nova montanha. Elas sempre serão maiores, não importa o quanto você fuja. Ele sempre estará distante, não importa o quanto você corra. O terceiro cão no meio da estrada, e a moto parou. As rodas travaram subitamente e todas as pedras do caminho escorregaram nossos corpos. Grandes demais. Julian segurou com força na direção e eu gritei um grito que não era eu. Toda a poeira da estrada de terra e as luzes vermelhas piscando sem parar. Nossos corpos dormindo como se nunca tivéssemos sido. As infinitas partes da terra voando à nossa frente, se misturando com a neblina, poluindo o pequeno ar que atravessava nossas gargantas. Do alto de alguma montanha distante tu sorria para nós. O rio estava longe. Nós havíamos caído.

Um sorriso estranho brotou na cara do Julian.

Julian levantou do chão e o cão morto tinha um olho aberto parado perto dos meus. Ao contrário dele, eu e o cão estávamos mortos. Seus pelos escuros brilhavam sob a luz vermelha da moto-cicleta, que continuava piscando. O olho sorrindo, reconhecendo o amigo antes de. Depois o olho do cão ficava escuro para voltar a brilhar quando a lâmpada vermelha se acendia outra vez. Julian aproximou a mão e o fechou. Olhou para mim e o seu rosto car-regava. Talvez fôssemos partes do mesmo. Talvez fôssemos órfãos do. A face de Julian se abria e, dentro dela, revelavam-se todos os segredos encubando outros segredos cada vez menores. Como um câncer sem-fim. Sucessões de gerações. Como larvas peçonhentas se reproduzindo sem cessar dentro daquele rosto que eu não. Cada segredo revelado abria uma ninhada de pequenos ovos encubando fetos de novos segredos. Suas mãos avançavam sobre o corpo que-brado do animal reconhecendo a dimensão de cada fratura. A dor profunda sob cada ferida. Os golpes, quando não fatais, são Julian.

Depois seus olhos mediram a estrada, enxergando sinais dentro da escuridão, decifrando o percurso a ser continuado. Esperei ele dizer. Talvez ele conhecesse o. Talvez soubesse onde ficava a. Meu corpo estendido no chão nunca mais seria eu. Ele conversava com alguém do outro lado de mim e eu tentava virar o pescoço para enxergar quem estaria, mas meu corpo não existia mais. De vez em quando o campo ficava em. Os grilos, as folhas pingando gotas do orvalho, os pássaros da madrugada, tudo ficava em. Tudo ficava subitamente em e o mundo longe. A luz vermelha da motocicleta continuava piscando. Desenhando os seus olhos. Depois ele olhava para mim e talvez ele sorrisse sem precisar mexer os lábios. Olhava para o chão. As mãos coçavam. Os braços se cruzavam e ele voltava a falar para mim sem que eu pudesse escutar. De dentro do milharal os olhos do mundo nos observavam sem que ele pudesse ver.

Julian sentou ao meu lado. Pelo brilho dentro dos seus olhos ele poderia ter encontrado a. Como se estivéssemos na pista certa, ele respirava calmo e o som dos seus pulmões se enchendo e depois me esvaziando era forte e. Meu pai estava perto de. Ele sabia aonde devíamos. Eu também. Talvez já estivéssemos no. Sempre haverá uma nova estrada, por mais presente que seja o. Ele levantou a motocicleta e ligou os faróis. A estrada estava limpa e a neblina parecia ter ficado para trás. Novos campos pareciam se abrir no caminho e o ar estava leve como há tempos não. Como antes de tu partir. Ao longe, em um quarto onde nunca mais estaremos, tu cantaria *Mr. Tambourine Man* e todas as vezes seriam a primeira. Em algum lugar do mundo minha mãe dançava, sem saber que era para mim, pela última vez. Do outro lado do mundo meu pai esperava, sabendo que nunca mais estaríamos. Estendido no chão o meu corpo parecia suar e talvez fosse. Os sinos nunca mais tocariam e as horas nunca mais correriam por dentro de nós. Finalmente fez silêncio.

Geheimnis.

A motocicleta, estática, voltou a avançar quilômetros sobre a planície e os nossos corpos ganharam vento sem que precisássemos nos mover. Talvez chegar não fosse o mais importante.

Na frente do postinho o Diego esperaria por mim sabendo que eu não voltaria. Depois caminharia sozinho pela cidade sem entender o que estaria acontecendo. Entraria na festa, certo das perdas. Sempre esperando pela próxima. Sempre aguardando pelo pior. A solidão sempre do outro lado da porta guardando o seu sono. Velando os seus dias. Todos foram embora, menos ele. Sem saber por que eu não estava ficando velho e gordo atrás do balcão da loja que foi do meu pai, ele também entraria na festa para ser dentro da cidade. Na sala de casa, minha mãe sentiria um cheiro estranho e, pela primeira vez, perceberia que o nosso tempo finalmente passou. Não somos mais os protagonistas da própria época.

A estrada ficava cada vez mais estreita. Todas as bifurcações levavam a atalhos secundários, sempre mais longe. O mundo não teria espaço para nós. Os galhos raspavam nossos braços. As flores exalavam. As vacas cagavam o pasto comido na noite anterior. À nossa frente as plantações se fechavam a cada distância vencida. Os milharais cresciam sobre nós. Tudo o que não podíamos entender. Tudo o que não queríamos conhecer. Todas as vozes certas na hora errada. Pequeninos coitos se interrompendo pouco antes de começar. Pequeninos universos que eu não precisava penetrar para perceber. Plantinhas de papel. Barquinhos de fogo descendo o rio. Me conte uma estória e me faça dormir. Julian, olha para mim e faz que o vento sopre tão leve que esquente a nossa face. Uma janela branca iluminando vazia a tela do meu computador. Tudo o que deve ser deletado antes que se descubra. Antes que me descubra. Antes que nos descubram. Nossas mães chorariam sobre a nossa vergonha.

Alguém descobriria o site com seus vídeos. Nossas mãos enxugariam as suas lágrimas sem que precisássemos estar por perto. Evitaríamos os contatos para que não fôssemos condenados por querer partir. Por precisar partir. Por termos partido. Por nunca termos ido embora de fato. As perguntas nunca teriam respostas. Nunca terão. Nunca tiveram. Depois, as horas cairiam sobre elas duas. Duas mães órfãs de filhos. Talvez elas fossem. Talvez nunca mais. Talvez nunca tenham. Talvez tudo fosse simples demais para. Talvez fosse tarde demais para. Talvez já estivéssemos longe de nós mesmos e as estradas perdidas esqueciam os quilômetros que nos devolveriam ao lugar de onde. O tempo perderia os seus significados. Minha mãe choraria. Meu peito nunca mais teria forças para. Meu cérebro. A fumaça trazendo para dentro de mim todos os segredos que eu nunca devia ter.

Minha mãe gritou dentro de mim e talvez ela fosse o último fio de realidade nos conectando antes de se romper para sempre. Do outro lado da porta ela deixava que eu passasse as horas cada vez mais distante. Como quem sabe que tudo um dia acaba, que os tempos terminam. Terminaram. Terminarão. A ternura maquiada dos que acreditam no que sabem. A desgraça dos que sabem, mas não querem acreditar. Do outro lado do corredor ela limpava a casa como se para sempre. Como se os dias não viessem. Como se as sujeiras não fossem nunca mais. Como se todos os olhares não carregassem um pequeno luto a cada final. Como se tudo não trouxesse, desde o princípio, o seu próprio fim. Do outro lado da casa talvez ela dormisse cansada da última festa. Os fogos terminaram e, entre as nossas cabeças, uma parede dividiria os sonhos que não ousamos contar.

Abri os olhos e, ao nosso redor, ainda, os milharais. Apenas as pedras infinitas lavando a estrada. Os pastos. Os postes sem lâmpadas. Os fios nos levando para longe. Um quero-quero voou baixo e as garras escondidas sob suas asas talvez tenham cegado meus olhos. Todas as chuvas caíam sobre lugares que eu não sabia onde. O mundo cada vez mais perto de mim sem que fosse. Julian. *Mr. Tambourine Man*. Talvez ele cante a canção que me fará dormir. Talvez tu esteja sentado sobre a lápide, fumando eternamente teu último cigarro. Esperando eternamente pela vida que não passou.

Julian atravessou a estrada e ficou parado em frente ao milharal. Olhou para a lua sair mais uma vez de trás das nuvens e as suas costas desapareceram dentro da plantação. A sombra alongou-se antes de. Virou a cabeça para mim e sem dizer adeus. Desapareceu. Lá dentro.

Minha sombra respirava silenciosa debaixo do meu corpo e a estrada deserta. Julian não estaria mais. Tu, para sempre trancado sob a pedra de mármore coberta de letras de metal e anjos chorando e nomes e sobrenomes e sujeiras e micróbios. *Hier ruht*. Não existe beleza na realidade. Nunca existirá.

Entrei no milharal atrás dele. Como imaginado, as lápides escondiam datas sob a sombra da plantação. A claridade da lua perdia a força e a cidade. Todos os que foram embora para nunca mais. Caminhei por entre os túmulos calculando existências. A lua desapareceu outra vez, dessa vez atrás da colina.

Em algum lugar dentro daquele cemitério de sementes, Julian falava baixinho, rezando o que eu. Como se chorasse o rio que não o quis. Minhas mãos absorviam mortes sangrando entre as folhas. O fio verde do orvalho penetrando todas as feridas. Meus pulmões respirando o que não era para ser queimado. Tu respondia todas as perguntas que ele não queria. Vocês conversavam sobre todas as línguas que eu. Julian ria e de vez em quando a sua voz tocava nos meus ouvidos do outro lado da fileira de plantas.

Voltei para a estrada. As luzes da motocicleta não piscavam mais e tudo era iluminado pela luz fraca da lua flutuando atrás da colina. O cemitério era um mar de pequenas cruzes e anjos quebrados à deriva sobre a escuridão do outro lado. Olhei para os meus. A cidade devia estar longe, submersa. Em algum lugar dele minha mãe dançava como se nada. Em algum lugar dele, os meus avós assistiam à cidade sorrir como se nada. A estrada me levava para lugares cada vez mais. As plantações diminuíam de tamanho para ficar. Para sempre. As sementes quase ralas sob a lua partindo. Os caminhos sempre mais longos à medida que se aproximavam. Antes das novas colinas a planície terminaria e, do outro lado das montanhas, novos campos desertos teriam de ser desbravados numa sucessão eterna de. O mundo me surpreenderia cada vez menos. As estradas seriam conhecidas sempre mais. Eu estava sozinho, perdido no vazio entre as cidades. No vazio que separa as etapas. No vazio que serve apenas para preservar distâncias.

Julian saiu de dentro do milharal e as minhas costas respiraram. Guardei em mim tudo o que ele nunca mais. A juventude quando escapou do seu corpo e que nunca mais. As dores que a queda. O medo de sempre ter de voltar ao lugar de onde. O pavor de estar preso ao chão que não é. Que nunca foi. Que nunca será. Todo o tempo que eu teria para depois dele. Tudo o que eu seria sem ele. Nada que ele seria sem mim.

Garotos ouvindo canções numa noite de verão. Se tivéssemos nós dois sido um desses, agora não seríamos três.

Garotos queimando nas estradas de terra esperando o sol se pôr. Se pudéssemos ainda ser o que nunca mais seremos. Agora éramos três.

Garotos desacelerando no espelho retrovisor quando os olhares se cruzam antes da queda. O que ainda pode ser dito nunca mais será.

Ele chegou até mim. Não olhei para o seu rosto. Caminhamos seguindo em frente e a motocicleta cada vez mais longe, abandonada em algum ponto da estrada atrás de nós. Não olhei para trás. Nunca mais olharia. As plantas perdiam a força. As folhas morriam um pouco mais a cada passo. Voltar, sempre cada vez menos importante. Os olhos da minha mãe. Quando foi que os esqueci? O medo da minha avó. Quando foi que ele parou de me atormentar? A saudade. Quando foi que tu passou a fazer parte de mim?

Em algum ponto do nosso passado a cidade queimava os seus fogos e os velhos deixavam a pista para que os jovens pudessem dançar. Os meus avós voltariam para casa sem saber que eu não estava mais entre eles. Que eu nunca mais estaria. Nossas mães trocariam palavras sem saber que agora estávamos juntos. Que logo estaremos. Nossos passos caminhavam arrancando as pedras do chão. De vez em quando os grilos gritavam todos ao mesmo tempo e o grito agudo de um quero-quero cortava a noite outra vez. Depois eu ficava um pouco para trás, observando o desenho das suas costas contra a lua. De vez em quando ele olhava para mim e talvez sorrisse sob a sombra do teu rosto. Talvez ele me visse iluminado, refletindo a cidade às nossas costas. O vento soprou devagar e uns poucos fios de cabelo ousaram se desprender. Ele vinha das montanhas trazendo todos os cheiros do mundo. Ventos que não sopravam na cidade. Ventos que não chegariam até nós se não estivéssemos lá, onde ele, agora, acontecia. Ventos que nunca chegariam. Paisagens que não existem em territórios conhecidos. Caminhos que se constroem a partir de despedidas. Todos os cheiros se desprenderam do meu corpo. Nunca mais voltariam. Nunca mais voltaríamos. É complicado nunca mais.

Julian caminhava cada vez mais rápido. Era inevitável que eu ficasse sozinho. Nada muda. Nada mudaria. Nunca mudará. Os milharais desapareciam no infinito da madrugada e, daquela madrugada em diante, todo o tempo seria madrugada. As planícies correndo desertas até o início das montanhas. As montanhas escondendo secretas planícies dentro de um lado ainda oculto. Subir, sem nunca alcançar o fim. Dançar, sem nunca abandonar o próprio corpo. Chorar, apenas para estar vivo. Eu nunca teria passos necessários para tantos caminhos. Avançávamos sobre a estrada. O seu corpo cada vez mais distante do meu. Talvez ele entrasse na lua. Talvez ele fosse o infinito. Talvez as montanhas o engolissem antes que eu o pudesse conhecer. Eu nunca mais falaria "talvez". A pressa nunca compreendida nos que partem cedo demais. A areia fina escorrendo tão rápido entre os nossos dedos. Eu nunca mais falaria "talvez". A pele pesando devagar um pouco mais a cada ano. As dores mais presentes. As feridas menos visíveis. Os tumores mais profundos. Ele era cada vez menor ele era cada vez mais para longe de mim ele era dentro dele todas as paisagens que eu nunca mais teria para enxergar o que eu nunca pude conhecer o seu nome sobre o meu sem que o meu fizesse parte dele os seus passos rápidos demais para as dores acumuladas rápido demais para a velocidade dos meus pulmões todo o ar que eu não saberia suportar todas as pedras pontiagudas à espera dos meus joelhos sangrando minhas mãos a pele quando é fina demais a lua crescendo no horizonte antes de desaparecer atrás das montanhas de prata de gelo de vento.

Respira.

Está quase acabando.

Os meus pés pararam. Julian corria veloz. A lua queimava a silhueta do seu corpo dentro da minha retina. As luzes do mundo para sempre apagadas. Finalmente. Ele partia sem que eu pudesse dizer. Ele seguia sem olhar para. Nunca mais olharia. Partia sem se deixar. Partia por inteiro, como eu nunca seria. Agora eu era ele. Fugia de si sem saber que estava em mim. Não era preciso marcar o caminho para uma volta que não aconteceria. Voltar não fazia mais parte dos seus passos. Guardar fotografias para algum futuro? Prometer voltar antes que a saudade apareça? Levar os números? Anotar endereços? Sempre avançar distâncias carregando no bolso a passagem de volta? Ele se distanciava de mim e retornar não era. Fugia sem precisar mentir. Corria sem sentir nas pernas. Ganhava distâncias sem acumular.

As montanhas brilhavam e a lua cegava meus olhos. Chovia dentro de mim. Chovia sobre as terras que nunca deveriam ter sido. Finalmente éramos três.

Mãe,

Não fica triste. Não te desespera. Não pensa que eu não te amo. Não pensa que eu sou egoísta e que eu não penso em ti e que eu não imagino o quanto tu sofre com todas as coisas ruins que parece que só acontecem contigo.

Nada é para sempre. Os sonhos acabam e eu acho que depois sempre começam outros. Porque se não for assim talvez a gente não tenha força e nem vontade de seguir em frente. Se eu morrer não foi porque eu quis e não foi porque eu me cuidei pouco e não foi porque tu não cuidou de mim do jeito certo. Eu sei que eu faço um monte de coisas que tu não acharia correto. Eu também não acho, mas eu faço. Como agora.

Eu vou ficar longe de casa e ninguém vai saber onde eu estou. Não adianta tu chamar a polícia. Eles não vão me encontrar. Não adianta falar com o Diego. Ele me conhece, mas não sabe tudo sobre mim. Ninguém sabe tudo sobre ninguém. Não adianta tu chamar um técnico para decifrar cada arquivo deletado do meu computador. Nem todas as letras são visíveis a olho nu.

Se tu sentir saudade, deita na minha cama e olha para o teto do meu quarto. Tu vai ver, talvez pela primeira vez, que as estrelas que o velho colou não estão mais lá. Faz tempo que isso aconteceu. Chove toda vez que eu sinto saudade, mas algumas coisas ficam mais bonitas quando se transformam em lembrança. A última caiu, não faz muito tempo. Ela está no bolso de trás da minha calça e vai ficar aqui até quando eu voltar e te abraçar de um jeito tão mais forte do que tu poderá entender.

Se tu quiser entender alguma coisa sobre mim, senta no chão do meu quarto, encosta as tuas costas cansadas na minha cama velha e olha para a fotografia do Bob Dylan colada na parede. Os nossos olhares estão todos perdidos, mas nunca desencontrados. O meu. O teu. E o dele. Todos nós temos muito mais perguntas do que respostas.

The answer is blowing in the wind.

Fim

UM COMENTÁRIO

Esmir Filho

Ao ler o manuscrito de Ismael Caneppele que chegou nas minhas mãos, intitulado Os famosos e os duendes da morte, *algo tomou conta de mim. As palavras do autor me encontraram e foi sua sensibilidade e poesia que me convidaram a adentrar seu universo. O livro traz em si sentimentos escondidos de um adolescente que vive o conflito entre ficar e partir, pertencer e negar. Convidei-o para escrever o roteiro comigo, partindo do universo do livro. A ideia não era adaptá-lo, e sim criar um diálogo entre as palavras do livro e as imagens do filme, buscando sentimentos análogos para o leitor/espectador. É por isso que não existe essa bobeira de ler o livro primeiro, para depois ver o filme, ou saber o final, etc. É mais do que isso. Tudo dialoga e se complementa. Um retrato das inquietações do adolescente atual e sua relação com a internet, na eterna busca de uma identidade, onde os pixels são uma realidade e vida real não tem fronteiras. Enquanto Ismael mergulhava em seu próprio universo, descobrindo coisas que não ousava pensar, eu entrava em um mundo frio e nebuloso, em um inverno rigoroso do sul alemão de um país tropical. Ismael me apresentou Nelo Johann e suas músicas, que fizeram parte desde o desenvolvimento do roteiro até a trilha sonora final. E foi na internet que encontramos os protagonistas Henrique Larré e Tuane Eggers. Ela, tão jovem, já sabia como queria clicar o mundo. As fotos no filme foram todas tiradas por ela, que emprestou seu universo à trama e aos vídeos realizados por ela mesma e Ismael. Essa sucessão de encontros resulta em um* MOVIMENTO, *chamado* Os famosos e os duendes da morte. *É um livro, um filme, fotos, vídeos e música.*

Ismael Caneppele escreve romances e roteiros para cinema. Natural de Lajeado, Rio Grande do Sul, atualmente se divide entre São Paulo, Porto Alegre e Berlim. Gosta de tocar guitarra, cuidar de plantas e desenhar. *Os famosos e os duendes da morte* é o seu segundo livro publicado.

Este livro foi composto em Arno pela *Iluminuras* e terminou de ser impresso em 2020 nas oficinas da *Meta Brasil Gráfica*, em Cotia, SP, em papel off-white 80 gramas.